勘違いの工房主《アトリエマイスター》

Kanchigai no ATELIER MEISTER

英雄パーティの元雑用係が、
実は戦闘以外がSSSランクだった
というよくある話

4

時野洋輔
Tokino Yousuke

ILLUSTRATION
ゾウノセ

ユーラ（ユーリシア）
クルトの工房に所属する元王家直属冒険者。とある事情でクルト達の前から姿を消していたが、変装して武道大会に参加する。
クルミ（クルト・ロックハンス）
本人は無自覚だが、戦闘以外の適性ランクが全てSSSという超天才。失踪したユーリシアを探しに向かった諸島都市連盟コスキートで、武道大会に参加するため、なぜか女装することに。

登場人物紹介

チッチ
諸島都市連盟コスキートで、クルト達の案内を買って出た怪しげな冒険者。
リーゼロッテ・ホムーロス
ホムーロス王国の第三王女。死に至る呪いを治してくれたクルトを慕い、行動を共にするようになる。
ローレッタ・エレメンツ
ユーリシアの従姉で、イセシマ島の島主。一族のため、ユーリシアを呼び寄せた張本人。

プロローグ

それは、ちょっぴり天然な少年、クルトがヴェルハの街の工房主代理《アトリエマイスター》になってから、しばらくしたある日のこと。

工房の筆頭冒険者である私——ユーリシアとクルトは、とある富豪の家で、仮面舞踏会の警備の仕事を引き受けることになった。

本当は私だけで受けるつもりだったんだけど、二人一組の仕事だと言われてしまった。ただ、工房所属の冒険者パーティの「サクラ」の三人が城壁警備で忙しかったため、そしてなによりクルトが私の仕事を手伝いたいと言ったため、こうして私とクルトのペアで引き受けたのだ。

そんなわけで私達は会場のバルコニーで、周囲に不審者がいないか確認していた。

「仮面舞踏会かぁ。僕の村でも、みんなで変装して誰が誰だかわからない状態で遊ぶ催《もよお》しがあったんですよ」

仕事だというのに、クルトはどこか楽しそうだ。

「村人同士なら、仮面を被っても声でわかるだろ?」

「大丈夫ですよ。変声の魔道具を使ってますから。実は僕、仮面舞踏会って聞いてその魔道具を持ってきたんですよ。ユーリシアさんの分と二個」

クルトはそう言って、チョーカーのようなものを私にくれた。

これを着けるだけで、女性も男性も、中性的な声になるらしい。

相変わらず、クルトが作るのは突拍子《とっぴょうし》もない物ばかりだ。

声が変わる機能がなければ、普通にチョーカーとしても使えそうなくらいオシャレだってのに。

「あ、ユーリシアさん、見てください。ピアノがありますよ」

警備中だというのに、緊張感《きんちょうかん》のない様子でクルトが言った。

まぁ、クルトがここにいる以上、第三席宮廷魔術師ミミコ直轄《ちょっかつ》の諜報《ちょうほう》部隊、ファントムの連中が闇《やみ》に紛れて護衛をしているだろうから、私達の出る幕はほとんどない。

私はそう思いながら微笑《ほほえ》み、クルトに言う。

「あれがピアノか、珍《めずら》しいね。オルガンなら何度か見たことがあるんだけど」

鍵盤楽器《けんばんがっき》なら、大聖堂にあるようなオルガンが古くから有名だが、ピアノは最近できたばかりでまだまだ知名度が低い。私も見るのは初めてだ。

もっとも、オルガンとピアノの違いは私にはわからないけれど。

「それにしても、クルト、よくあれがピアノだって気付いたね。見たことがあるのかい？」

「はい。前にバンダナさんと一緒に、楽器工場でヴァイオリンを作るアルバイトをしたことがありまして。その時にいろんな楽器を見せてもらったんです」

「へぇ、そうなんだ」

また、バンダナか。

クルトが前いたパーティ「炎《ほのお》の竜牙《りゅうが》」のレンジャーらしいけど……本当に謎の多い女だね。

「でも、クルトがヴァイオリンね。今度作ってよ」

私はフルートが得意だから、できれば一緒に演奏してみたい。

「はい、うちの村の伝統製法なので、王都のような華やかな場所に似合うかどうかはわかりませんし、ちょっと時間がかかりますけど」

「どんな方法で作るんだい？」

「普通のヴァイオリンですよ？　まず、森に自生しているトレントを伐採《ばっさい》――」

「待て、え？　待て、トレントだって？」

トレントといえば、木の魔物だ。それを切り倒す？　まるで林業みたいに……あ、いや、そうか。クルトだもんな。

クルトは戦闘適性が低いので、基本的に魔物退治は苦手だが、アイアンゴーレムを相手にした時は別だった。

なぜならば、アイアンゴーレムはクルトにとって鉱床と同じで、それを退治するのは採掘の一環。採掘適性ＳＳＳのクルトにかかればお手の物、というわけだ。

同じく、トレントは魔物ではなく、木材なのだろう。

「よし、落ち着いた。続きを話してくれ」

「続きといっても、トレントで普通にヴァイオリンを作るだけです。トレントって、なかなか見つからないので、作るのが大変なんですよね」

「あぁ、そうか……うん、そうだな、トレントでヴァイオリンを作るのはよくある話だな」

私はそう言って苦笑した。

「はい。そうそう、トレントから楽器を作って音楽を奏《かな》でたら、トレントが動くんですよ。村のみんなで演奏すると山全体の森が動いて、とても幻想的な光景になるんです」

「……そのまま幻想であってほしい光景の間違いだろ」

私がそう呟《つぶや》いたその時、一人の人物がバルコニーに出てきた。

それは、雇い主の富豪のおっさんだった。仮面をつけているけれど、あんなふくよかに輪をかけたようなおっさんは他にはいない。

「庭には誰もいないか？」

「はい、異常ありません」

クルトが返事をすると、おっさんは自分の親指の爪を、手袋越しに噛《か》んで呟く。

「くそっ、まだ来ないのか」

大事な客でも待っているのだろうか？

まぁ、そのあたりは警備の私達には関係のない話だ。わざわざ尋ねる必要は――

「どうかなさったんですか？」

必要はなかったけど、心配症のクルトは放っておけなかったらしい。

「どうしたもこうしたも、楽師《がくし》が来ないんだ。このままではピアノの演奏ができん」

そりゃ厄介《やっかい》な話だ。

鍵盤楽器は非常に高価で数が少ないため、演奏できる楽師の数も限られている。今から代役を探すのは困難だろう。

本来、こういう舞踏会には弦楽器や管楽器、打楽器などの奏者が集まっているのだけれども、今回はピアノのお披露目《ひろめ》のため、他の奏者を呼んでいなかったそうだ。

今からでも他の楽器の奏者を集めるのはどうでしょうか？

私がそう提案する前に、クルトがバカな提案をする。

「よろしければ、僕が演奏しましょうか？」

「おい、クルト。さすがにそれは――」

「君はピアノが弾けるのかっ⁉」

断られるだろうと思ったのだが、焦って正常な判断ができなくなっているらしく、おっさんは食いつく。

「はい。舞踏会の曲なら聞いたことがありますので」

「そうか、是非《ぜひ》頼む！　楽師が到着するまででいい！」

おっさんは必死にそう懇願《こんがん》する。

やれやれ——と、私は念のため持っておいた、目元を隠すための仮面をクルトに渡した。

「クルト、中に入るならこれをつけるんだ」

せめて正体がバレない工夫はしないとね。

私はそう言って、自分も仮面をつける。

ピアノへと向かうクルトを見送った私は、おっさんに自分の身分を明かし、あのピアノの演奏者がクルトであることは誰にも言わないように口止めをした。

そして、クルトの独奏会が始まる。

そう、舞踏会ではなく独奏会だ。

クルトの演奏があまりにも素晴らしく、誰もが踊るのを忘れて聞き入ってしまったのだ。

鍵盤を一つ一つ叩《たた》くたびに、まるで光の妖精《ようせい》がピアノから飛び出し、魅了《みりょう》の魔法をかけているかのような幻想に包まれる。

「さすがだな」

私は小さくそう零《こぼ》した。

結局この日、楽師が訪れることはなく、会場に集まったみんな、最後までクルトの演奏に聞き入っていた。

あいつは、戦闘以外の全ての適性が測定不能のＳＳＳ。それは音楽の適性も例外ではなかったようだ。

これは、私が奇跡の天然工房主《アトリエマイスター》クルトとともに歩んでいく、少しおかしな物語だ。


「──目を覚まされましたか、ユーリシア様。とても良い夢を見ていらっしゃったようですね」

「……あぁ、綺麗《きれい》な音楽の夢だったよ」

どうやら私は、座ったまま寝ていたらしい。

目を開いた瞬間に聞こえた執事《しつじ》の声に、自分が置かれた状況を思い出す。

そう、私は今、クルト達のもとを離れ、実家にいるんだった。

まさかあの時のことを夢に見るなんてね。

目の前のローテーブルに用意された紅茶を飲む。

温《ぬる》くなっていて美味しくないけれど、そもそも淹《い》れたての時から、この紅茶を美味しいとは思わなかった。

最高級の茶葉を使っているそうだけれども、庭に自生している野草を使ってクルトが淹れてくれたハーブティーのほうがはるかに美味しいからだ。

そんな感想を持った私の表情を、傍《そば》にいる壮年の執事は見逃さなかった。

「お気に召しませんか、ユーリシア様」

「そうね、この私に似つかわしくないこのドレスにはぴったりの紅茶だと思うよ」

私は自分が着ている、あの夜の仮面舞踏会の参加者が着ていたようなドレスを見て、そう皮肉を口にした。

「とてもお似合いですよ」

似合うと言われても全然嬉《うれ》しくない。

動きにくいし帯剣もできない。唯一の利点はナイフを隠す場所が多いことくらいだけれども、ここまでスカートの丈が長ければ取り出すのも面倒だ。

戦巫女《いくさみこ》──戦闘を生業《なりわい》としている家の服としては不似合いすぎだ。

「それで、ローレッタ姉さんにはいつ会えるの？」

「しばしお待ちください」

「またそれ？　私は紅茶を飲むために着せ替え人形になったつもりはないんだけどね」

そう言って紅茶を飲む。

やっぱり微妙だ。

はぁ、あんな風に出てきて、工房に残してきたリーゼの奴は怒ってるだろうな。私達の可愛い娘は──アクリは泣いていないだろうか。クルトは自分の力を受け入れただろうか？

クルトがもしも、自分の力をしっかり受け入れたら……一年もあれば余裕で世界を征服できるな。

ま、あいつに支配欲はないだろうからその心配はしていないけど。

不安なのは、むしろ誰彼構わず助け回って、教会を敵に回さないかのほうだな。

病気や怪我の治療《ちりょう》は現在、教会の治療院がほぼ一手に担《にな》っている。そこにクルトが万能薬のようなものを無料で配り歩きでもすれば、目をつけられるのは間違いない。まぁ、そのあたりはリーゼがうまいことやってくれるだろう。

でも、リーゼもなんだかんだでクルトに甘いからな。下手すればクルトに協力して一緒に薬を配りそうだ。

「ふふっ」

その光景を想像して、思わず失笑してしまう。その時、扉が開いた。

「思っていたより楽しそうでありますね、ユーリシアさん」

そう言って中に入ってきたのは、眼帯で右目を隠している白いショートヘアの女性。見た目だけなら私よりも年下だが、実際は私より少し年上だ。

「お久しぶりです、ローレッタ姉さん」

「あら、まだ私のことを姉さんと呼んでくれるでありますか？」

相変わらず妙な言い回しをする。

「姉さんは姉さんですから」

私はそう言って顔を逸らす。

彼女は実の姉というわけではない。私の母の姉の娘――つまりは従姉《いとこ》だ。

「姉さん。この手紙を送ってきたのは姉さんなんですか？」

工房に届いた私宛の手紙を、ローレッタ姉さんに渡した。

「ええ。あなたを冒険者にすることは認めましたが、ホムーロス王国にその身柄を譲《ゆず》るつもりはないので当然のことでありますよ。私達の家系には精霊を宿す神聖な血が流れているでありますのため、家を捨てた者は子を残してはいけないしきたりであることを、忘れたわけではないでありますよね？」

「もちろん覚えています」

「しかし、あなたは他国の貴族に――しかも女准男爵《おんなじゅんだんしゃく》という一代限りではなく永代の貴族になった。放っておけば、どこかの貴族を婿《むこ》に取り、子を産んでいたでありますね？」

「そんなことはありません。貴族になったのにはワケがありまして、その事情が解消できれば、私の家は取り潰す予定です」

「そのワケとやらを聞いていいでありますか？」

「それは……言えません」

言えるわけがない。というか言っても信じてもらえないだろう。

クルトの話を信じることができるのは、その神業《かみわざ》を実際に見た人間だけだ。

「話にならないでありますね。約束を破ったのはあなたでありますから、あなたにはこの国で婚姻《こんいん》し、子を孕《はら》んでいただくでありますよ」

「そんな！　待ってください」

「待てないであります。あなたを自由にしすぎだと、氏族会で言われ続けた私の立場を考えて欲しいものであります……そうですね、今度開かれる武道大会の優勝者と婚姻していただくでありますか」

氏族会――つまり一族の連中は、戦巫女の血を残すことしか考えていないのだろう。

「…………私はそんなことを望まない」

「あなたの望みはもう関係ないでありますよ。悲しいことでありますけどね」

「待って――っ！」

ローレッタ姉さんは振り返らずに部屋を出て行った。

甘かった。

昔の優しかったローレッタ姉さんなら話せばわかってくれると思っていたが、これじゃ先代と――規則と言って私達一家を島から追い出したあの人と一緒だ。

イヤだ。武道大会に優勝した人間と結婚するだなんて。

もちろん、その優勝者が断れば話は流れるだろう。

しかし、ローレッタ姉さんが――ううん、氏族会が本気を出せば私の婚姻は現実になってしまう。

そんなの……そんなの絶対に耐えられない。

逃げ出したい――けれどここで逃げ出せば、姉さんは持てる権力全てを使って私を連れ戻そうとするだろう。

そうなれば当然、工房のみんなに迷惑がかかる。

だから逃げ出せない。

私は壁に立てかけている剣――クルトが作ってくれた雪華《せっか》を見て、涙を堪《こら》えきれなくなった。

みんなのいる工房に帰りたい。


×これは、私が奇跡の天然工房主《アトリエマイスター》クルトとともに歩んでいく、少しおかしな物語だ。
○これは、私が奇跡の天然工房主《アトリエマイスター》クルトと別れて一人で歩む、よくある物語だ。

第1話　諸島都市連盟コスキートへ

「シーナさん。アクリのこと、よろしくお願いします」

ヴァルハにある、太守兼工房主《アトリエマイスター》であるリクト様の工房。その前で、僕、クルトは娘のアクリを「サクラ」の一員であるシーナさんに預ける。

泣き疲れて眠ってしまったアクリを抱えたシーナさんは、苦笑して頷《うなず》いた。

「お父さんは大変だね。もちろん、お母さんもだけど」

そう言って、アクリのおでこを人差し指で撫《な》でるシーナさん。

彼女には、ユーリさんが向かったと思われる諸島都市連盟コスキートへ僕達が向かう最中、アクリの面倒を見てもらうことになっている。

本当なら、アクリも一緒に連れていきたい。

でも遠い国では、不慮《ふりょ》の事故が起きた時に、アクリに危険が及ぶ可能性があるのでそれは無理だった。

仕方なく、僕とリーゼさんはアクリを説得した。

アクリは泣きながら、僕とリーゼさんと離れたくないって主張した。けれど僕の説得に、「ぜったい、ユーリママをたすけーね。それなあ、るすばんしてる」と、涙ぐんで舌足らずの言葉とともに納得してくれた。

僕は眠るアクリのほっぺにキスをして、さっきシーナさんが撫でたところを同じように撫でる。

「クルト様、アクリとの挨拶《あいさつ》は終わりましたか？」

「はい、たった今」

「そうですか」

やってきたリーゼさんは優しい笑みを浮かべ、アクリの頭を撫でると、アクリのほっぺ——僕と同じ場所にキスをした。

母親か……僕も赤ん坊の頃は母親にこんな風に愛されていたのかな？

少し恥ずかしい気持ちになりながら、僕達は町の中央、ヴァルハの転移石が設置された場所に向かった。

転移石は青く輝《かがや》く巨大な石で、転移結晶を持って触れると、近くにいるパーティの人と一緒に別の転移石の場所に一瞬で移動できるというものだ。

「…………はぁ」

転移石を前にして思わずため息をつくと、リーゼさんが不思議そうにする。

「クルト様、どうなさったのですか？」

「いえ、ちょっと思い出しまして。転移石って、最大四人しか同時に移動できないんですよね」

「ええ、その通りです。同じパーティの仲間しか転移できないためですね」

「なんで、仲間は最大四人って決まってるんでしょう」

「それは……わかりません」

まあ、リーゼさんもわからないよね。

僕はかつて、「炎の竜牙」という英雄パーティで、雑用係として働いていた。

炎の剣士ゴルノヴァさん、法術師のマーレフィスさん、レンジャーのバンダナさん、そして僕の四人がメンバーだった。でも、ある日、パーティに新たに魔術師を勧誘するという理由のため、僕はパーティを追い出されてしまった。

今の工房主《アトリエマイスター》代理って仕事に不満なんてあるわけない。けれど、それでも、もしもパーティの最大人数が四人という仕組みがなかったら、僕は今でも「炎の竜牙」にいられたんじゃないかと思ってしまう。

僕が追い出されてから間もなく、「炎の竜牙」は解散したそうだ。バンダナさんはパーティにいた時の身軽さのままあちこちで仕事をしているみたいだし、マーレフィスさんは優秀な法術師だから宮廷魔術師のミミコさんと一緒に学校で先生をしている。

でも、ゴルノヴァさんだけはどうなったかわからない。

ゴルノヴァさんの実力ならば万が一にも魔物に後《おく》れを取ることはないだろうけれど、元気でやっているだろうか？　って不安になってしまう。

「クルト様、そろそろ参りましょう。転移石では国外への直接移動はできませんから、諸島都市連盟コスキートに一番近い町に転移することになります。準備はよろしいですか？」

「はい、準備はできています」

僕なんかがゴルノヴァさんの心配をする必要はない。

それより、今はユーリシアさんを連れ戻すことを一番に考えないと。

僕はしっかりと目標を見据え、リーゼさんの手を握った。

「あれ？　リーゼさんの手の温度がみるみる上がってますけど、大丈夫ですか？」

「だ、大丈夫です。では、参りましょう」

リーゼさんはそう言って転移石に手を触れた。


埠頭《ふとう》に打ち寄せる波を見ながら、僕は潮風の香りを感じていた。

ここはタイコーン辺境伯領最北端の岬《みさき》の町、マクリス。

岬の先には、古代ラピタル文明の時代に築かれたと言われる全長二キロメートルにも及ぶ石橋がかかっている。その先にあるのが、諸島都市連盟コスキートで唯一大陸から徒歩で行ける島、バックラス島だ。

そして、諸島都市連盟コスキートのどこかにユーリシアさんがいる。

「それにしても本当に運がよかったですね。たまたま工房の留学先が諸島都市連盟コスキートだなんて。でも、留学が行われるなんて全く知りませんでした」

ユーリさんがいなくなったことを知り、どうやってコスキートに行こうか悩んでいた僕とリーゼさんは、突然タイコーン辺境伯様に呼び出された。

そこで僕は工房主代理《アトリエマイスター》として、リーゼさんはヴァルハの太守代理として、留学命令を言い渡されたのだ。

コスキートには、この国にはない造船技術や、島ごとの独自の文化がある。今回の留学は、それらの調査を兼ねたものだそうだ。

すでに受け入れ先と話は済ませているらしく、各島で僕達を出迎える準備をしてくれているとのこと。

本来、工房主《アトリエマイスター》とその関係者は基本的に国外に出ることを許されていない。技術の国外流出は、国家にとって大損害に繋《つな》がる恐れがあるからだ。

しかし留学という名目があれば、例外的に国外に出ることが許されるのだ。

僕はその時、あまりの巡り合わせのよさに神様に感謝した。

「ただ、タイコーン辺境伯様、大丈夫でしょうか？　かなり疲れていたように見えましたけど」

少し肥満体型だったタイコーン辺境伯様だけれども、昨日は以前に比べて十キロくらい体重が減っているように見えた。

ダイエットを始めたのだろうか？

無理なダイエットは体に毒だと思うんだけど。

「さすがに一日で全ての準備をさせるのは無理がありましたかしら？　執政官《しっせいかん》の姿も見えませんから、寝込んでいるのかもしれませんね」

リーゼさん、すごい小声だけどどうしたのかな？

「え？　リーゼさん、何か言いました？」

「いえ、なんでもありませんわ。まぁ、今回は命の危機というわけでもなく、急いで行く必要もありませんし、二人で観光を楽しみながら彼女の情報を集めましょう」

「そういうわけにはいきませんよ。僕達は仕事でここにきているんですから――ってあれ？　こういうやりとり、前にもありませんでしたっけ？」

あったよね？

タイコーン辺境伯領の領主町のお祭りで、リーゼさんに言われたような気がする。

あ……そうか、そういうことか。

リーゼさん、工房に来たばかりの頃はラクガキンキに狙われて、家を出ることができなかったんだった。

だから、外で遊ぶことができず、その反動でお祭りや観光をしたいと思うようになったのだろう。

たしかにユーリさんを探すことが一番大事だし、仕事もしないといけない。でも、リーゼさんがこれまで遊べなかった時間を取り戻すのも、大切なことだ。

「リーゼさんっ！」

「は、はい⁉」

「楽しみながら調査もしましょう。お祭りの時みたいに」

「はい！」

うん、たぶんこれでいいんだよね？

そうと決まれば、まずはコスキートに行こう。

そう思ったんだけど――

「凄い列だね」

大きな橋の真ん中にある建物が、国境の関所になっている。

そこは今、国境を越えようとする多くの人が列を作っていた。

「クルト様、どうします？　貴族専用の通路に行けば、早く関所を越えられますけど」

「んー、ごめんなさい、やめておきます」

「そうですね、クルト様ならそう仰《おっしゃ》ると思いました」

さっき、貴族様を乗せていると思《おぼ》しき馬車が、僕達が並んでいる列の横を走り抜けて検問のところに行った。

すると、検問所にいた警備兵が全員その馬車にかかりっきりになり、僕達が並んでいる列の処理が止まってしまったのだ。

どうやら、貴族様が門を通る時は特別な手続きがあるらしい。

僕達も割り込めば、この列の人達に余計な時間がかかってしまう。

「坊ちゃん、嬢《じょう》ちゃん、貴族様なのかい？」

どうやら、僕達の話を聞いていたらしい、後ろに並んでいた頭にターバンを巻いた行商人らしき恰好《かっこう》のお姉さんが尋ねてきた。

「いえ、私ではなく、こちらのクルト様が――」

「貴族といっても名誉《めいよ》士爵《ししゃく》ですけど」

僕の言葉に、お姉さんは目を見開く。

「そりゃ凄いな。あたしはチッチ。パオス島で開催される武道大会に行くために列に並んでいるのさ」

「お姉さんは剣士なんですか？」

「いや――」

お姉さんが僕の頭をポンポンと右手で二回叩いた、その直後だった。

一瞬の違和感があり、ふとポケットを確認すると、銅貨を入れている袋がなくなっていた。

あれ？　いつの間に落としたんだろ？

「おっと、気付かれちまったか。いや、掏《す》られたことには気付いていなかったみたいだな。ほら、これが坊ちゃんの小銭袋《こぜにぶくろ》だ」

お姉さんはそう言って袋を返してくれた。

落としたんじゃなくて、あの一瞬で盗られていたんだ――全然気付かなかった。

「なんで気付いたんだい？」

「荷物の重さはグラム単位で把握《はあく》してるので、ポケットの中身が軽くなれば気付きますよ」

「おおっと、こりゃスリの天敵発見だな」

お姉さんはそう言って愉快そうに笑った。

「スリですか？」

「嬢ちゃん、そんな目で見ないでくれよ。もう足は洗った。今は器用なレンジャーとして活躍してるよ」

そう言って彼女は、ナイフを抜いて僕達に見せてくれた。

……あれ？　このナイフ、もしかして。

そう思った僕が何か言う前に、チッチさんが口を開いた。

「どうだい？　北の武道大会の見学に行くんだろ？　あたしを護衛として雇わないか？　雇ってくれたら盗賊だけじゃなく、昔のあたしみたいなスリからも守ってやれるぜ？」

武道大会？　そんなのあるんだ。

「必要ありま――」

「待ってください、リーゼさん」

リーゼさんは断ろうとしたけれど、これってチャンスじゃないかな？

「えっと、お姉さんはコスキートに詳しいんですか？」

「ああ、詳しいよ。レンジャーだから情報を集めるのも得意だ」

「実は、コスキートで人を探しているんです。そのために力を貸してくれないでしょうか？」

「人探しか。よし、武道大会までの間あたしが力を貸してやるよ」

「よろしくお願いします、チッチさん。僕はクルトと申します」

「そうか、クルトか。代金はこれで結構だ」

チッチさんは握手している手とは反対の手に、小銭袋を握ってそう言った。

僕の懐から、また袋がなくなっていた。

「クルト様、雇う人を間違えたんじゃありませんか？」

「はは……僕もそう思いました……」


長い間列に並び、僕達は国境の検問所に辿《たど》り着いた。

タイコーン辺境伯様から預かった通行許可書を見せると、特に審査もなく素通りに近い感じで、諸島都市連盟コスキートとの国境を越えることができた。

といっても、ホムーロス王国側の橋と変わらないので、まだ国境を越えたという気にはならないかな？

「クルト、リーゼ、はやく行こうぜ！」

チッチさんが手を振って僕達を呼ぶ。

とても明るくてお調子者という感じのお姉さんに、僕は少し不安になる。

「クルト様、あの女性を護衛にして本当によろしかったのですか？　タイコーン辺境伯の伝手《つて》で、この国の護衛とガイドを先の町で雇う手はずは整っているのですが」

リーゼさんの言葉に、僕は首を横に振った。

「――同じだったんです」

「同じ？　何がですか？」

「チッチさんが持っていたナイフ、ユーリシアさんが持っていたナイフと同じなんです」

「それって、彼女がユーリさんのナイフを掏ったということですか!?」

リーゼさんは目を丸くしてしまった。

「い、いいえ、そうじゃありません。まったく同じというわけではなくて、多分、同じ鋳型《いがた》で作られた短剣だと思うんです」

「同じ……ですが、大量生産品のナイフなら別に珍しいことはないのでは？」

「それはそうなんですけどね……」

リーゼさんが言っていることは正しい。

それでも、この情報が重要なんだ。

僕はリーゼさんに説明することにした。

――リーゼさんが使っている短刀・胡蝶《こちょう》のように、鉄のインゴットを打って作る短剣と違い、鋳型を使う場合、型の中に溶かした金属を流し込んで作る。僕程度でも、鋳造《ちゅうぞう》なら一分に百本のペースで短剣を作れるだろう。

「クルト様、短剣を一本作るためにかかる時間は……いえ、なんでもないです」

なんでもないのなら話を続けていいかな？

そんな便利な鋳造の剣だけど、大きな欠点がある。切れ味が凄く落ちてしまうのだ。

具体的に言うと、同じ鉄製の剣でも、普通に作った剣なら岩を空気みたいに斬れるのに、鋳造の剣で岩を切ろうと思ったらちょっとひっかかりを感じる。

「クルト様、鋳造の剣で岩を叩いたら砕けることはあっても斬ることはできま……いえ、なんでもないです」

なんでもないのなら話を続けていいかな？

そんなわけで、普通なら鋳造のナイフは切れ味が落ちるんだけど、ユーリさんの短剣はそうじゃない。

刃こぼれしないための、切れ味を増すための魔法印が刻まれているのだ。

「魔法印ですか？　そのようなものがあったとは思えませんけど」

「はい、ナイフには何も描かれていません。魔法印は鞘《さや》の内側に描かれているんです。あの鞘は箇単に作れるものじゃありません」

「クルト様でも作れないんですか!?」

意外そうな顔でリーゼさんが尋ねた。リーゼさんのその言い方、まるで僕ならばどんな魔道具でも簡単に作ってのけるみたいだ。

僕程度の人間、作れないものだらけなのに。

「――似たようなものは作れるかもしれませんけど、あれと同じものは無理だと思います。僕の家の裏のおじさんはああいうのを作るのが好きだったんで、多分作れると思いますけれど……ゴーレム作りが趣味で、物質に印を刻むのが得意でしたから。一日中空を飛んでいる島とか作っていましたし」

リーゼさんは何を言ったらいいかわからないといった様子で、口をパクパクさせている。しばらくそうしていたが、すぐに復活した。

「つまりクルト様は、ユーリさんと同じ鞘と短剣を持っている彼女に、ユーリさんを探すための手がかりがある――そう思っているのですか？」

「はい――あとは直感ですけど」

僕はそう言って、いい加減にしびれを切らしてこちらにやってくるチッチさんを見た。

チッチさんは僕の首根っこを掴《つか》むと、あっさりと持ち上げて歩きだした。

「早く行かないと、この先の美味しい店が夕方には閉まっちゃうんだよ」

「待ってください、あなた、クルト様を乱暴に扱わないでください」

僕を抱えたまま走るチッチさんと、追いかけてくるリーゼさんを見て思った。

チッチさんがいい人だったら、ユーリさんを探すこの旅はきっと楽しいものになる――そんな予感がしたんだ。

◇◆◇◆◇

無事にクルト様と一緒に諸島都市連盟コスキートに入ることができました。

今回私は、本名のリーゼロッテではなく、リーゼという愛称をそのまま名前に使った身分証明書での入国です。

もっとも、今回使った身分証は王族がお忍びで他国に入るためのものでして、周囲の人間に私のことを気付かれないようにする代わりに、私――リーゼロッテ第三王女がこの連合国に入ったことは、この国の一部の上層部に知られることになるでしょう。

まぁ、それは致し方ない話です。

問題は、護衛役のファントムが二名しかこの国に入れなかったことですね。

万が一のことがあった場合、この人数で私とクルト様を同時に守れるかどうかは不安です。もしもの時は私よりもクルト様を優先して守ってもらいたいのですが、きっとミミコさんからトっている命令は違うものなのでしょう。

ファントムは私の命令には基本逆らいませんが、しかし彼女達の本当の主はミミコさん。優先すべきは彼女の命令なのです。

そのため、私の命とクルト様の命、どちらを優先するかも決まっています。いざとなればクルト様を見捨てて、私を守ろうとする。

はぁ、クルト様を失うことは国家にとっての損失どころか、世界にとっての大損失ですのに。

それに、チッチという得体《えたい》の知れない女性——彼女もまた謎です。

クルト様の言うことが事実だとすれば、ユーリさんと同じ魔道具の鞘を持っているわけですけれども……果たして、信用していいのか。

「ここだ！　ここが美味しい店だよ！」

チッチがそう言って私達を案内したのは、小さな店でした。

「お休みのようですけど——」

扉には、準備中の札が掛けられています。中では人の気配はするようですが、もう営業は終わったのでしょう。

まぁ、私としては助かりました。どんなに美味しい料理店でもクルト様の料理には敵《かな》いません。

できることなら、今日は宿を取って厨房《ちゅうぼう》を借り、クルト様に料理を作っていただきたいです。

もちろん、私もクルト様の横でお手伝いをして——あぁ、それってまるで新婚夫婦みたいではありませんか。

今夜は厨房がついている宿をタイコーン辺境伯が予約してくださっていますので、そちらに向かいましょう。

「昼の営業時間は終わったみたいだね。でもほら、そこは坊ちゃんがいるからさ。ホムーロス王国の士爵様が訪ねてきて、追い払うような料理人はいないさ」

「え？　で、でもそんな店の人に無理を言うなんてできませんよ」

良識のあるクルト様は、貴族であることを笠《かさ》に着て、他人に無理強《むりじ》いをするようなことはできないでしょう。

しかし同時に押しに弱いため、非常に困った顔をしていました。

仕方ありません。ここは私がいきましょう。

幸い、路銀は十分持っています。金貨を数枚握らせれば、食事くらい提供してくれるでしょう。

「私が交渉してきます。無理だったら諦めてくださいね」

私は店の扉を二回ノックしました。

反応がないので開けてみると、美味しそうな香りが漂ってきます。クルト様の料理ほどではありませんが、ここまでのいい香りは、宮廷の厨房を覗《のぞ》いた時でもしませんでした。

と、厨房の奥から、シェフ姿の男が現れました。

「悪いが準備中だよ。飯を食いたければ夜にもう一度来な」

ぶっきらぼうにそう言ってシェフは厨房に帰ろうとします。

「お待ちください、実は私達は旅の者でして、この後すぐに北の町に向かわないといけません。失礼でなければ、こちらで料理を数皿提供していただけないでしょうか」

私はそう言って金貨を数枚差し出したのですが、予想外にもシェフは首を横に振りました。

「悪いが、うちの店は貴族様でも平民でも、金持ちでも貧乏人でも平等に扱うって決めているんでな。外に待たせている士爵様にもそう伝えろ」

……あら、聞こえていましたのね。まぁ、チッチのあの大きな声では仕方ありません。

これは絶対に考えを変えないタイプですね。

交渉相手としては非常に厄介《やっかい》です。

こういう時は、相手のプライドを刺激するのが一番でしょう。

もちろん、それは諸刃《もろは》の剣ですが、しかしそこを上手に処理してこそ交渉人です。

「そこまで仰るということは、よほど美味しい料理を作る店なのですか？」

「…………どういう意味だ？」

「いえ、頑固《がんこ》なシェフの店、そう言えば聞こえはいいのですけれど、そういうシェフの雰囲気に客が騙《だま》されているだけということはないか、と思っただけです。本当にこの店は最高に美味しい料理が食べられるのでしょうか？」

「……最高の料理……ははは、そんなもん、今の俺なんかに作れるわけないだろ」

「……え？」

これには食いつくだろうという挑発でしたが、予想外の答えが返ってきました。

シェフはどこか懐かしそうに微笑み、私に背を向けたままスープを煮込みます。

ここで激昂《げきこう》してくれたら交渉しやすかったのですけれども。

「本当に最高の料理を作れる料理人を、俺は知っている。人智《じんち》を超えた料理人だ。俺はその人に近付きたくて、料理を続けているんだ。だから営業と営業の間は料理を研究する時間と決めている。そういうわけで、悪いが帰ってくれ」

「ま、待ってください。その人智を超えた料理人というのは、まさか――」

その人物に、心当たりがあります。

名前を尋ねようとしたその時、私の背後の扉が開きました。

「あの、リーゼさん、無理そうでしたらいいですよ」

顔を出したのはクルト様です。

その直後――

「し……し……師匠《ししょう》おぉぉぉぉぉぉおっ!?」

シェフが驚き、その場に尻もちをつきました。

あぁ、やはりそうですか。クルト様の料理を食べたんですね、この人。

「あ、お久しぶりですゲールハークさん。ここ、ゲールハークさんの店だったんですね」

クルト様は懐かしい知人に会ったような気楽さで声をかけました。

「師匠が俺の店に……もう俺は死んでもいい」

はぁ、この人もクルト様に運命を変えられたうちの一人だったんですね。

「どうなってるんだ？」

泣き崩れるシェフ——ゲールハークさんを見て、後から入ってきたチッチは首を傾げました。

少し正気を取り戻したゲールハークさんは、立ち上がって私達を案内してくれます。

その間に、クルト様から彼について聞きました。

クルト様が言うには、ゲールハークさんは、クルト様が私やユーリさんと出会う以前、「炎の竜牙」が拠点としていた宿でシェフをしていたようです。

その時にクルト様の故郷の料理に興味を持ち、レシピを学んだそうで、それ以来クルト様のことを師匠と呼ぶようになったとのことです。

その話を聞いていたゲールハークさんは苦笑しても、否定はしませんでした。

おそらく、彼も知っているのでしょう——クルト様に自身の秘密を知らせてはいけないと。クルト様の気絶体質のことまで知っているかどうかはわかりませんが。

ってあれ？

「ゲールハークという名前、どこかで聞いたことがあると思っていたのですが、もしかしてミシュランガイドブックで七つ星を取ったホテル・ココノワールの総料理長のゲールハークさんですか？」

「ああ、そんなこともあったな」

やはり――やはりそうだったのですか。

ホテル・ココノワールのレストランといえば、かつて国で一番とも言われていたレストランです。

しかし去年、総料理長が突然引退を宣言。その結果、美食の格付けの権威であるミショルンガイドブックでの今年の評価が、星を二つも落として五つ星レストランになったと言われています。

そのくらい、彼の料理の腕は素晴らしいんだとか。

私も一度、彼の料理を食べたことがあります。幼かったので味の詳細は覚えていませんが、とても美味しかったことだけは覚えています。

まさか、その彼の引退にクルト様が関わっていたとは。そしてあろうことか、そのゲールハークさんがクルト様のことを師匠と仰いでいるとは。

「へぇ、おっちゃん凄い料理人だったんだな。それより、あたしはそろそろお腹空いたんだけど」

「ははは、師匠のご友人でしたら是非召し上がってください。今から料理を作りますね」

そう言って、ゲールハークさんは厨房に行きました。

私もこっそりと、その後ろについていきます。

町の小さな食事屋とは思えないほど、多くの調理器具や古今東西様々な食材が並んでいる厨房の中を見ながら、私はゲールハークさんに声をかけます。

「あの、ゲールハークさん、少々よろしいでしょうか?」

「あい、なんでしょうか？　リーゼロッテ王女様」

「――っ⁉　気付いていらっしゃったんですか？」

「ええ、客の顔を忘れたことはございませんので」

そう言ってのけるゲールハークさんに対し、きっと今の私は苦虫を噛《か》み潰《つぶ》したような表情になっているのでしょう。

この方は、私が王女だと知っていながら先ほどのような態度を取っていたということです。

まあ、金持ちでも貴族でも関係ないという言葉は事実だということはわかりました。

「あなたはクルト様の料理を召し上がったのですか？」

「ええ、私は以前、『炎の竜牙』のリーダーであるゴルノヴァという男に料理を作ったことがあるのです。その時に言われました。『七つ星の料理人だと聞いていたのに大したことないんだな。こんな料理じゃ、うちの雑用係が作った飯のほうがはるかに美味《うま》い』とね。頭に来た私は思わず、『そんなに凄い料理人がいるのなら連れてきてみろ。本当にそいつが作った料理が美味かったら、なんでも言うことを聞いてやる』と返したんです」

そこまで聞けば十分でした。

つまり、ゴルノヴァが連れてきたクルト様の料理を、彼は食べたのでしょう。

続きを聞けばその通りで、負けを認めたゲールハークさんはゴルノヴァにその日の売上金を全部持っていかれたそうです。

「負けてしまって、一カ月悩みましたよ。そして一カ月考えました。それからは、厨房で切磋琢磨《せっさたくま》する毎日。時折、師匠にアドバイスを貰っては、さらに料理の腕を磨いていました。しかし去年、師匠はホテルを出て行方知れずに。このままでは料理の深淵《しんえん》は見えないと思った私は、旅に出る決意をしたのです。このコスキート諸島は多くの島の文化が入り混じっていますから、まずはここで料理の研究をしていたのですが……そこで師匠に出会えるとは」

彼はそう言うと、野菜の皮を剥《む》き始めました。

「俺の料理がどこまで師匠に認められるか——ははっ、今から考えるだけでもゾクゾクするぜ」

料理を作る彼の背中を見て私は感心しました。

彼は、クルト様の料理を食べ、その凄さを正確に計ることができ、その力を恐れながらも、それでもクルト様に追いつこうと努力をなさっているのですね。

十五分後。

私達はテーブルに並んだ料理を見て、驚愕《きょうがく》しました。

「深海魚ガガオの目玉煮込みスープ、ガギラ虫の蒸し焼き、カオール羊の脳ゼリー寄せです。どうぞお召し上がりください」

「これだこれだ！　やっぱりこの町に来たら、ここのゲテモノ料理を食べないとな」

美味しそうに食べ始めるチッチを見てから、私はクルト様と目を合わせました。

えっと、無理を言って作ってもらったのに、食べないわけにはいきません……よね。

食べる前ですが、ひとつだけ言えることがあります。

ゲールハークさん、絶対にクルト様に出会って道を踏み外しましたよね。

私はそう思いながら、料理を口に運びました。


結論から言うと、ゲールハークさんが作った料理は見た目に反して、クルト様の料理には及ばないものの美味でした。クルト様の料理の味に慣れた私が美味と評価することは、相当に美味ということです。しかし、美味だからこそ残すことができないというジレンマもあります。

もしも不味《まず》ければ、一口食べて遠慮《えんりょ》することもできたのでしょうが。

どうして……どうしてあの巨大イモムシにしか見えない、この島に生息するというガギラ虫があそこまでクリーミーなのでしょうか。ガギラ虫だけではありません、魚の目玉のスープ、羊脳ゼリー寄せ、どれも美味でした。

「とても美味しかったです、ゲールハークさん」

クルト様はゲールハークさんの料理をそう評しました。

スープに浮かぶ魚の目玉を食べるまでは躊躇《ためら》っていたクルト様も、一度食べてからはイモムシまですんなり召し上がっていましたから、お世辞《せじ》ではなく素直な気持ちなのでしょう。

クルト様が虫を食べる姿は、見ていて面白いものではありませんでしたが。

「師匠にそう言ってもらえて、とても嬉しいです。あの、できれば師匠の料理をまた食べてみたいのですが」

「はい、でも、もう皆さんもお腹いっぱいになりかけていますし、簡単なスープでいいですよね？厨房をお借りしてもいいですか？」

「もちろんです。では、案内します」

そう言ってクルト様とゲールハークさんは厨房へと向かい、私とチッチの二人きりになりました。

こういう時、会話に困りますね。

しかし、社交界で鍛《きた》えた私の話術があれば、彼女から情報を聞き出すことくらい余裕です。

鞘についての情報を聞き出せば、もう彼女は用済み。再びクルト様と二人きりの旅ができることになります。

「あのチッチさん、ひとつお伺《うかが》いしたいことがあるのですが」

「ん？　なんだい、お姫様」

「――っ⁉」

今、彼女はなんと言いましたか？

まさか、最初から私の正体を知っていて⁉

私は咄嗟《とっさ》に胡蝶を抜いたのですが――

「ああ、待った待った、お姫様の正体を知っていて近付いたわけじゃないよ。さっき厨房で話していただろ？　それが聞こえただけさ。あたしは耳がいいんでね……大丈夫、隠してるみたいだし士爵様には言わないよ」

彼女はそう言って、両の耳たぶを掴んでぶらぶらさせました。

かなり距離があったはずですのに、なんという地獄耳《じごくみみ》でしょうか。

情報を聞き出すどころか、まさかこちらの情報を聞かれているとは、不覚です。

幸い、クルト様には私の正体は話さないという確約は取れましたが。

「……ということは、さっきから店の中を監視している二人は、お姫様の護衛か何かかい？」

「気付いていたのですか？」

「仕事柄、人の視線には敏感なんだよ」

人の視線？

ファントムは諜報活動のプロです。素人《しろうと》とは全く違う視線に、普通の人間が気付くとは思えないのですが。

なるほど、レンジャーとして腕が立つというのは本当だったようですね。

しかし、私が王女だと知られたのは、この際好都合と考えましょう。

「チッチさん、あなたに質問があります。あなたの短剣の鞘、それをどこで手に入れましたか？」

「あぁ、これか」

彼女はテーブルの上に、鞘に納めたままのナイフを置きました。

私が手を伸ばそうとすると、彼女はさっとその鞘をひっこめます。

「秘密だな」

「…………金貨二枚でいかがでしょう？」

先ほど、ゲールハークさんに握らせようとした小銭です。

「話が早いな、姫様。きっとその十倍くらい値段を出せるんだろう」

私はよくそのことに気付きましたね、という顔で笑いましたが、実際はその百倍まで出していいと思っています。

どうやら、お金で解決しそうですね——そう思ったのですが。

「だが、断る」

彼女の答えは私の予想外のものでした。

「なぜだか尋ねてもいいですか？」

「それも秘密だよ」

……はぁ、そう来ましたか。

思っていたより手ごわいですね。

「ちなみに、どちらのほうが答えにくい質問ですか？　このくらいは答えていただいてもよろしいですよね」

「そうだな、『なぜ、私が答えられないか』だな」

「わかりました。それでは、これをどうぞ」

私は彼女の前に、金貨十枚を積み上げました。

彼女はそれを見て鼻で笑います。

金貨十枚、普通に働いて稼ごうと思えば、そこらの街の衛兵でも数年かかります。

「安く見られたもんだね。教えて欲しければその二十倍は――」

「いいえ、これは賭《か》け金です」

鼻で笑うチッチの言葉を、私は遮りました。

「賭け金？」

「はい。これからクルト様が作ってくるスープ――そのスープをあなたが完食するかどうかという賭けです。クルト様の料理を一口分以上残せばあなたの勝ち、私が出した金貨は無条件で差し上げましょう。しかし、あなたがクルト様の料理を完食したら、私の勝ち。情報をタダで貰《もら》います。それでどうですか？」

「はは、姫様は寄付が趣味なのかな？　そんなの賭けになると思って――」

私はさらに金貨十枚を横に置きます。

合計金貨二十枚のベット。

彼女の眼《め》付《つ》きが変わりました。

「いったいどんな手を使うんだい？　まさか料理に麻薬でも入れるつもりか？　士爵様がそんなこ

とをするとは思えないけど？」

「断りますか？」

「……いいだろ、後悔するんじゃないぞ」

そう言って不敵に笑うチッチ。

はい、これで情報が無料で手に入りました。

だって――


「皆さん、料理ができましたよ」

料理を運んでくるクルト様と、かなり疲れた表情のゲールハークさん。

きっとクルト様の料理の腕を見て、彼は自分の未熟さを本当の意味で悟ったのでしょう。

テーブルの上に並んだのは、クルト様が得意とするコーンスープですね。

「では、いただきましょう、チッチさん」

「ああ、そうさせてもらう……ん？　この香りは」

彼女はコーンスープの香りを嗅《か》いだ直後、木の匙《さじ》を手に取りました。

それからは一瞬でした。

彼女が次にその木の匙を手放した時には、彼女の皿は綺麗に空になっていました。

「……ご馳走《ちそう》さま」

チッチはスープを飲み終え、そう言いました。

私の予想通り、クルト様の料理を残せるわけがありませんでしたね。

私もまた、一口金貨二十枚以上の価値があるであろうそのスープを、惜しげもなく口内に入れました。

「なんだよ、これ。うますぎるとかそういう次元を超えてるだろ。幻覚作用のある薬でも入っているんじゃないかと疑うレベルだぞ。もうないのか？　鍋一杯食べたいよ」

チッチがおかわりを要求したので、クルト様は笑顔で「お世辞でも嬉しいです。ではおかわりを用意しますね」と仰って厨房に行きました。

ゲールハークさんはゲールハークさんで涙を流し、「私は素材にこだわりすぎて、料理人として大事なものを見失っていたのかもしれない」と呻《うめ》いています。素材にこだわった結果があの料理だったのだとしたら、少々悲しいですね。

「で、チッチさん。約束は覚えていますね」

「ああ、負けたよ。まさか、士爵様の料理がここまでとは思ってもいなかった。で、あたしの剣の鞘をどこから入手したか、どうして教えられないのかって話だったね？」

「はい、そうです。教えてください」

それがわかれば、鞘の入手場所もわかるかもしれないですからね。

彼女は散々舐《な》め尽くした匙を再度舐めて頷きました。

「これは本来、特別な人しか持ったらいけない鞘なのさ。それをあたしが持っているのは許されない……そういうことだよ」

彼女はそれ以上言いませんでした。

なるほど、貰ったのか盗んだのか……まぁ、どちらでもいいでしょう。

「その特別な人っていうのは？」

「『戦巫女』と呼ばれる奴だよ」

『巫女』というのはたしか、教会とは異なる宗教における、修道女のようなものだったと記憶しています。

しかし、『戦』巫女というのはいったい？

戦う修道女ということでしょうか？

修道女が戦うというのは……まぁ、普通のことですよね？

ゾンビやスケルトンといった不死生物《アンデッド》が現れた時に修道女は光魔法で戦いますし、メイスを使ってゴブリンなどを殴り倒す修道女もいます。「炎の竜牙」でクルト様と一緒にいたマーレノィスも戦っていたそうです。

戦巫女というのも、そういう類《たぐい》なのでしょうか？

不思議そうにしている私を見て、チッチが補足してくれます。

「精霊を身に宿し、戦うのが戦巫女さ。もっとも、戦巫女はもう数百年とこの世に生まれていないんだけどね。ただ今でも、その戦巫女の子孫が精霊を身に宿すため、このコスキートの島のひとつ、イシセマ島で訓練を続けているらしいよ」

「イシセマ島ですか――」

「ああ、イシセマ島の島主様なら以前、この店に食事に来たことがあるな。美しいが、それ以上にまさに武人という雰囲気も纏《まと》っていた」

少し落ち着いたゲールハークさんが話に加わりました。

この人、話を聞いていたんですね。

「武人ですか――修道女はあえてそういう雰囲気を出さない人が多いのですがね」

「ああ、本当に凄い雰囲気だったよ。妙齢の女性なのだが、白い髪がまた綺麗でね」

「白い髪っ!?」

私は思わず声を上げてしまいました。

白髪《はくはつ》の妙齢の女性というのは珍《めずら》しいです。

もしかして、ユーリさんの関係者の方なのではないでしょうか？

「あの、その島主様の年齢はどのくらいでしたか？」

「二十四歳だよ。名前はローレッタ・エレメントさ」

そう答えたのはチッチでした。先ほどまで情報を渋っていた割には、今度はスラスラと……ありがたいですが。

しかし、やはり聞いたことのない名前ですね。

まあ、それも仕方がありません。

コスキートに所属する七島のうち、イシセマ島は唯一、他の島と正式な交易路が結ばれておらず、観光客の立ち入りも許されない、つまりほぼ鎖国《さこく》されている島なのです。

諸島都市連盟コスキートの他の島主は何人か、王宮に会談にいらした時にお会いしたことがありますが、イシセマの島主に関しては情報がありません。

そもそも島に入るには、特別な手続きが必要で、今回タイコーン辺境伯が用意してくれた各施設の紹介状の中にもイシセマ島に関連するものはありませんでした。

ホムーロス王族の立場を利用しても、そのローレッタ・エレメント様に会うのは難しいかもしれませんね。

「ローレッタ・エレメントに会いたいのかい？」

「ええ。私の王女としての立場を利用すれば――」

「そんなことしなくても、パオス島の武道大会に行けばいいんじゃないか？　武道大会には諸島都市連盟コスキートの全島主が見学に集まるそうだし」

……え？

そういえば、タイコーン辺境伯から、武道大会の招待状を預かっていました。

これは、予想よりも簡単に彼女に接見できそうですね。

「皆さん、スープ作ってきましたよ」

クルト様が、チッチの言う通り鍋いっぱいのスープを持ってきました。

それを美味しそうに食べるチッチですが、しかし、なんでしょう？

あまりにも都合よく話が進みすぎている——そんな気がしてなりません。

鍋いっぱいのコーンスープをチッチが食べている間、これまでわかった話をクルト様に伝えました。

ユーリさんが持っていた鞘は、どうやら戦巫女という修道女のような方が持つものだということ。

さらにその修道女は長らく生まれておらず、子孫がイシセマ島にいること。

そのイシセマ島の島主というのが、ユーリさんと同じ白髪の若い女性であるということ。

そして、その島主——ローレッタ・エレメント様が、今度の武道大会に見学に来ること。

「僕が料理を作っている間に、そこまでわかったんですか!?　さすが、リーゼさんです！」

クルト様に褒めていただいたのはとても嬉しいものの、実際、彼女が情報を喋《しゃべ》ったのはクルト様の秘密兵器《りょうり》のお陰なのですけれどね。

それを伝えられないもどかしさで、口がむずむずします。

そして、クルト様はいつの間にか用意していた羊皮紙《ようひし》の束をゲールハークさんに渡します。

「ゲールハークさん、よかったらこれ、僕の故郷の料理のレシピです。田舎《いなか》料理ですけど、このあたりにはない料理なんで、是非どうぞ」

「師匠、よろしいのですか!?」

「ええ。もちろんです」

「ありがとうございます。一生の宝にいたします」

「大袈裟《おおげさ》ですよ」

クルト様は笑いますが、ゲールハークさん本人にしてみれば大袈裟でもなんでもないのでしょうね。

きっとあのレシピは、料理人にとって至高の宝といってもいいはずですから。

もっとも、完全にレシピ通りに作っても、クルト様が作った料理と同じものができるとは限りませんが。

なぜなら、クルト様は素材の質に応じて調味料の量や煮込み時間などを僅《わず》かに変えていますからね。それを見極めるのはプロでも不可能でしょう。

「ところでリーゼさん。武道大会はいつ頃開かれるのでしょうか?」

「一週間後だそうです。それまでは当初の予定通り、各地の留学先でいろいろな文化を学ぶことにしましょうか——ということで、チッチさん、あなたはもう必要ありませんのでここで別れましょう」

「な、ちょっと待った！　もう契約は成立している！　きっちりパオス島まで送り届けさせてもらうからな」

「そう言って、あなた、クルト様の料理が食べたいだけでしょ」

「いやいや、それだけじゃないんだよな。実は、パオス島では武道大会の前にいろいろな大会が行われていてね。料理大会や鍛冶《かじ》大会、芸術大会なんてものもある。士爵様なら、料理大会で優勝できると思うんだよ。出てみないかい？」

ああ、なるほど、そういうことですか。

そういう大会では、必ず一緒にギャンブルが行われています。

これまで料理大会で一切実績のないクルト様に一点賭けし、そのクルト様が優勝すれば莫大《ばくだい》なお金が貰えそう……などと考えているのでしょうね。

「僕なんかが優勝できるわけありませんよ」

そのクルト様の言葉は、謙遜《けんそん》ではなく本心からでしょう。

しかし、豚の餌《えさ》を作ってドラゴンを手懐《てなず》ける料理の腕があれば、たとえ低品質の食材だけで料理を作っても優勝は目に見えています。

そしてそれは、クルト様に自分の実力を認識させることを意味し、昏倒《こんとう》する未来に繋がります。

当然、却下です。

適当な理由をつけて、チッチとは別行動にしないといけませんね。

「ダメですよ。それにクルト様はこれから、隣のマッカ島の工房の視察があるのです。チッチさんとはここで」

「そうですね――そういうわけですから、チッチさん、やっぱり出場はできません」

クルト様が頭を下げると、チッチは口の周りにいっぱいスープを付けながら、匙を咥《くわ》えて残念そうにしていました。

店を出て、チッチと別れたところで今後のことについて考えます。

まずは、他の島に渡る手段を考えなければいけません。

一番確実なのは航路ですけれども、やはり時間がかかりますからね。

できることならば、転移石を利用したことのある人を探し、その人と一緒に別の島に渡りたいところです。

諸島都市連盟コスキートには、このバックラス島を含め、計四カ所に転移石が設置されています。

しかし転移石での移動には、一度その転移石に触れた人が一緒にいる必要があります。

問題は、転移結晶は高価で持っている人間がとても少なく、そのため、転移石を使ったことがある者も少ないということですが……

まあこのことについては、冒険者ギルドで依頼を出せば問題ありません。高ランク冒険者ならば、転移結晶を持っている人も多いですからね。

ということで、私とクルト様は冒険者ギルドに行き、依頼を出しました。

まぁ、この程度の依頼ならば、今日中に依頼を受けてくれる冒険者が見つかるでしょう。

「リーゼ様、クルト様、依頼していた冒険者が見つかりましたので、第二受付カウンターまでお越しください」

ほら、もう見つかりました。

これであっという間に他の島に移動できます。

「リーゼ様、クルト様、このお方が、この国にある四カ所全ての転移石を使用した経験のある冒険者です」

受付嬢さんが私達に彼女を紹介しました。

――まぁ、そういう予感はしていたんですけどね。

「またよろしくな、二人とも。あ、依頼料は護衛料とは別に貰うからな」

彼女――チッチはそう言って私達に手を差し出したのでした。

第2話　クルトと造船工房

「ようこそおいでくださいました。タイコーン卿《きょう》より話は伺っております。リーゼ殿、クルト殿、そしてお付きの方」

チッチさんとリーゼさん、それから僕、クルトは、ギルドを出た後、すぐに見学予定の工房があるマッカ島へと移動した。

宮殿のような屋敷で僕達を迎えたのは、五十歳くらいのふくよかなおじさんだった。髪型がかなり不自然なのは気にしないほうがいいのだろう。

この人がこのマッカ島の工房主《アトリエマイスター》様なのかな。

「お初にお目にかかります。ホムーロス王国タイコーン辺境伯ヴァルハにて太守代理をさせていただいております、リーゼと申します」

「お、同じく、タイコーン辺境伯ヴァルハにて、工房リクトの工房主《アトリエマイスター》代理をして……させていただいております、クルト・ロックハンスです」

僕はリーゼさんに倣《なら》って頭を下げた。

するとおじさんも笑顔で頭を下げる。

「これはこれはご丁寧に。私は工房主《アトリエマイスター》ボンボール・シップセブンです。この国で第一級造船技師をしております。是非ともお二方には、私自慢の造船所を見ていただきたいと思っております」

「造船所ですかっ⁉　僕、見たことがないです。見学してもいいのですか？」

「もちろんです。あぁ、軍船は機密事項なのでお見せできませんが、探索船、交易船などは好きなだけご覧ください。魔道モーターで動く船は見ごたえがありますよ」

うわぁ、楽しみだなぁ。ハスト村って、引っ越す前も引っ越した後も山の中だったから、船なんて作る機会がなかったんだよね。

魔道モーターかぁ、凄いんだろうなぁ。

それから僕達は、豪華な料理でもてなされた。

チッチさんなんて、ゲールハークさんの料理を食べた後、僕のスープを鍋いっぱい食べていたのに、それでもまだ食べていた。

なんでも、冒険者たる者、食べられる時に食べておかないといけないのだとか。

そして、出された料理を（僕が食べきれなかった料理も含めて）全部食べ終えると、食べ過ぎて動けなくなったので、先に用意された自分の部屋に戻っちゃった。

リーゼさんは「護衛が見せる姿ではありませんね」と言って、ちょっと怒っている。でも、僕達に遠慮なく接してくれるその姿が、どことなく「炎の竜牙」のみんなを思い出させてくれて少し懐かしい気持ちになった。

それ以外にも、ボンボール様からいろいろな船の話を聞けて、有意義な食事会だった。

食事を終えた僕達が部屋に戻ろうとすると、ボンボール様が手を二回叩く。

すると部屋の向こうから、僕達と同じ年くらいの、見た目が瓜二つ《うりふた》な双子らしい少女が入ってきた。

ボンボール様の娘さん……じゃないね。二人とも、遺伝的な特徴を全く引き継いでなさそうだし。

「リーゼ殿、クルト殿、何かあればこの二人にお申しつけください」

「ハイルです。クルト様のお世話をさせていただきます」

「マイルです。リーゼ様のお世話をさせていただきます」

ほとんど同じ声質だ。ハイルさんのほうがちょっと声が高いかな？

でも、僕なんかにお世話係って……雑用係は僕のほうなのに。

「あの、ボンボール様、このようなことはしていただかなくても構いませんが」

「いいえ、お二人のことは、タイコーン卿よりよしなにと言われております故」

タイコーン辺境伯様、そんなことを言ってくれていたんだ。

最初に会った時は、僕の幼馴染《おさななじみ》のヒルデガルドちゃんを監禁している悪いロリコンおじさんだなんて考えていたけど、申し訳なく思えてくる。

「クルト様、少しよろしいですか？」

リーゼさんが僕を呼んで耳元で語り掛ける。

「あぁ、クルト様の髪のいい香りがここまで……初めて会った時のことを思い出します」

リーゼさん、小さな声だから僕に聞こえていないと思っているのかな？

耳元だからはっきり聞こえているんだけど……そんなに僕が使っている石鹸《せっけん》の香りが好きなのかな？

工房のお風呂に置いてある石鹸だから、リーゼさんも同じ香りがするんだけど……

……っ⁉　そう意識したら緊張してきた。

女の人の髪の香りをこんな近くで嗅いだことはないかも。

なんて思っていると、二人の視線を感じた。

ハイルさんとマイルさんが僕達をじっと見つめていた。

「リ、リーゼさん、なんですか？」

「はっ、すみません。少々トリップしてしまいました。あのハイルとマイルという女性、私達の身の回りをお世話してくれるというのは本当でしょうが、しかし同時に私達の監視もしているはずです。二人の前では目立つ行為はお控えください」

目立つ行為？　監視？

あぁ、僕が調度品を盗んだりしないように見張っているのかな？

たしかに、ここにある備品は全部高そうだもんね。

「それでは、クルト様、参りましょうか」

「はい、リーゼさん、おやすみなさい」

僕達はそれぞれの部屋に案内される。

部屋は、僕には似つかわしくないくらいに広かった。

「ありがとうございます、ハイルさん」

「いえ、それではクルト様――よろしくお願いします」

「うん、よろしくね」

僕が頷いた、その時だった。

ハイルさんがおもむろに服を脱ぎだした。

「え？　え？」

よろしくお願いしますって、もしかして……え？

そういえば、最近やたらと女性の裸を見ちゃうなぁ……これまでこんなことなかったのに。変な呪いでも受けているのかな。他人によっては祝福なんて言うかもしれないけど、僕にとっては災難だよ。

こういう時、どうしたらいいかまったくわからず、思わずどうでもいいことを考えてしまっていた。

僕は見ていけないと思い、慌てて視線をハイルさんの足元へと落とす。

ってあれ？　ハイルさんの足首にあるのって……

僕がそれに気付いた時、抑揚《よくよう》のない声でハイルさんが言った。

「クルト様、どうぞ横になってください」

えっと、はやく寝て明日に備えてください……って意味じゃないよね？

「それとも立ったままなさいますか？」

「ま、待ってください。ハイルさん、服を着てください」

僕は手を振ってそう言ったのだけれども、いつの間にか近付いてきていたハイルさんに手首を掴まれ、そのままベッドに押し倒された。

ダメだ、体術じゃ絶対に勝てない。

え？　うそ、え？

「安心してください、クルト様。初めてですが練習は積んできましたので」

初めてって、このままじゃ……そうだ、大きな声を上げて——いやダメだ。

僕が大きな声を上げたせいで男の人が入ってきちゃったら、ハイルさんが裸を見られることになっちゃう。

どうしたら……と僕の考えがまとまる前にハイルさんの顔が僕の眼前に迫り、唇《くちびる》が重なろうとし——

「はい、そこまで」

突然聞こえてきたその声とともに、ハイルさんが羽交《はが》い締《じ》めにされて僕の体から剥がされた。

「士爵様、大丈夫？　もしも邪魔者だったらこのまま立ち去るけど」

「チッチさん、助かりました……」

そう、ハイルさんを引き剥がしてくれたのはチッチさんだった。

「まぁ、護衛も引き受けているから。さすがに例の連中も屋敷の中までは入れないようだから、一応ね」

それにしてもチッチさん、いったいどこから……!?

扉も窓も開いた痕跡《こんせき》はない——そうか、チッチさん、最初からこの部屋にいたんだ。僕を護衛するために。

例の連中っていうのが誰のことかわからないけれど、本当に助かった。

あのままだったらどうなっていたことか、想像もできない。

すると、ハイルさんが少し声を荒らげた。

「離してください、私はクルト様のお世話をしないといけないのです」

「ああ、そう命令されてるんだろうな。でも、これは逆効果だよ。士爵様はロリコンだから、十三歳以上の女の子に興味がないんだ」

え!?　ちょっと待って、何言ってるの、チッチさん!?

ロリコンって……え？

「……そうなのですか？」

「ああ。工房主《アトリエマイスター》ボンボールにもそう伝えていいよ」

「……そうとは知らず、申し訳ありません」

チッチさんが言い切ると、ハイルさんはそう言って服を着て、部屋を出て行った。

助かったんだけど……えぇ、僕、このままだとロリコン扱いされちゃうよ。

「仕方ないだろ？　ああでも言わないとハイルは諦めないだろうしね」

「なんなんですか？」

「一番目の目的は、接待だな。タイコーン辺境伯は隣国の重鎮《じゅうちん》だから、その直属の部下である士爵様の覚えがよくなれば、いい繋がりが持てると思ったんだろうさ」

そんな、僕なんかリクト様やユーリシアさんのおこぼれで士爵になっただけなのに。

ってあれ？　今、チッチさん、一番目の目的って言った？

「他にも目的があるんですか？」

「そうだな、士爵様がちょろいと思ったら、押し倒して全部終わったあと、愛人の立場にでもなろうと思っていたんじゃないかな。そうすれば繋がりがより強くなるから。さすがに妻の地位までは狙っていないと思うけど」

「それって、ハイルさんの意思ですか？」

「いや、全部ボンボールの意向だろうな。この国では三年前に奴隷制度が完全に禁止されたけれど、制度がなくなってからも仕組みがなくなるまで時間がかかる。彼女達は制度なき奴隷ってところだ」

——そういうことか。

ハイルさんの足首には、もう消えかかっていたけど、アザのような痕が残っていた。

古い痕跡が。

たぶん、長いこと枷《かせ》がかけられていたんだろう。

チッチさんの話が本当なら、ハイルさんは自分の意思ではなく、ボンボール様の意思で僕を押し倒したのか。

制度なき奴隷……この国ではそんなことが。

「士爵様、一応言っておくけれど、ボンボールを蔑《さげす》むんじゃないぞ。奴隷でなくても借金で遊女にならざるをえない女性はいくらでもいる。それに比べれば、彼女達の扱いはかなりいいよ。食事も教育もしっかりされている……士爵様、武道大会に行くんだろ？」

「うん、そうですけど」

「だとしたら覚悟しておけ。ここでハイルに同情するようじゃ、武道大会じゃやっていけないよ」

「え？　それってどういうこと——」

僕が尋ねようとしたが、一瞬にしてチッチさんの姿は消えていた。

次の日、僕、リーゼさん、チッチさん、そして、ハイルさんとマイルさんで予定通り造船所を見学させてもらうことになった。

ボンボール様は前から決まっていた用事があって来られないそうなので、僕達五人だ。

造船所は、ボンボール様の家から馬車で二十分くらいの場所にあって、ハイルさんが御者《ぎょしゃ》として馬を操り、マイルさんが馬車の中での僕達のお世話をしてくれた。

馬車はとても広く、僕くらいの身長なら立ち上がっても頭が屋根に当たることはなかった。

その馬車の後方の席で、リーゼさん、僕、チッチさんの順番に一列に並んでいる。

それにしてもまさか、馬車の中で紅茶を飲めるなんて思いもしなかったよ。

優雅に飲むリーゼさんとは反対に、チッチさんには紅茶がちょっと熱かったらしく、一気に飲んだために舌を火傷《やけど》してしまっていた。

僕が火傷にも効く常備薬の飲み薬を渡すと、チッチさんは喜んでそれを受け取って、でも使おうとはしなかった。

「この薬はありがたく貰っておくけど、舌の火傷程度で魔法薬を使うなんてもったいない。これはあとで売らせてもらうよ」

そんなことを言うチッチさんに、リーゼさんが眉尻を吊《つ》り上げる。

「チッチさん、その薬はプレゼントというわけではなく、護衛の治療用の支給品です。軍でも傭兵《ようへい》でも、支給品は使わなければ返却をするものですよ」

チッチさんは笑っていたので、険悪とまでは言わないけれど和《なご》やかというわけでもない、ややこしいことになってしまった。

僕としては支給品ではなくてプレゼントでもよかったんだけれども、そんなこと言える雰囲気じゃない。たぶん、言っていることはリーゼさんのほうが正しいんだろうし。

でも、一度あげたものを返せとは言えない。

「そもそもチッチさん、いつまでそのターバンを巻いているんですか？　馬車の中でくらい外せばよいでしょう」

「このターバンのよさがわからないのか？　カッコいいだろ、これ」

リーゼさんはいよいよ最初の話とは関係のないことを言い出した。

このままではダメだ、そう思った僕は馬車の中で立ち上がる。

「チッチさん、その薬は今使ってください。護衛の仕事をしっかりとしてくれたら、その後で同じ薬を報酬の上乗せとしてお渡ししますから」

僕がそう言うと、チッチさんとリーゼさんは顔を見合わせて、その後、リーゼさんが体を引いた。

どうやら納得してくれたらしい。

「クルト様、お座りください、このあたりは揺れますから」

マイルさんにそう注意されて、座ろうとしたその時だった。

馬車の車輪が小石を踏んでしまったらしく、大きく揺れた。

そして僕はバランスを崩し――

「おっと。大丈夫か、士爵様。さっそく護衛の任務を果たせたな」

倒れた先にチッチさんがいたので怪我をせずに済んだ。済んだのだけれども、僕の顔がチッチさんの胸に埋もれてしまった。

慌てて体を起こそうとするが、今度はその手でチッチさんの胸を掴んでしまう。

「――――っ!?」

僕は顔を真っ赤にして、立ち上がってすぐにその場に座る。

「なぁ、お嬢様。胸を触られたのはあたしのほうなのに、逆に士爵様を辱《はずかし》めているように見えるのはなぜなんだ？」

「知りません！」

「なんで怒って――ははぁ、なるほどな。たしかにお嬢様のその薄い胸じゃ士爵様を守るどころじゃないからな」

「私はまだ成長途中なだけです！」

二人が立ち上がって僕を挟んで言い合った。

あぁ、せっかく仲直りできたと思ったのに、また喧嘩《けんか》になっちゃう。

「リーゼ様、今立つのは危険です」

マイルさんがそう言った時だった。

馬車の車輪がまたも小石を踏んでしまったらしく、馬車が先ほどよりも大きく揺れる。

「うわっ！」

「きゃっ！」

チッチさん、リーゼさん二人ともバランスを崩した。

そして、間に座っていた僕の顔が二人の胸に挟まれる形になった。

「あ、悪い、士爵様」

「す、すみません、クルト様」

「大丈夫です、大丈夫ですから――早く――」

早く離れてください。

その後、馬車は二度、三度と小石を踏んだけれど、そのたびにどんなハプニングが起きたか、あまり語りたくないかな。


僕達はボンボール様の造船所までやってきた。

まず、最初に驚いたのは、造船所だというのに、海の近くではなく山の中にあったことだ。

馬車が坂をずっと上っているから少しおかしい気がしていたんだけど……近くに湖があるわけでもないし、本当にこんな場所で船を作っているのかな？

「こちらへどうぞ」

ハイルさんに案内されて、僕達は造船所の中へと入る。

入ってすぐのロビーにあったのは、船の模型だった。

三十種類くらいだろうか、漁船や旅客船、中には海賊旗《かいぞくき》が掲げられた海賊船の模型まであった。

模型の前に書かれている説明によると、諸島都市連盟コスキート国が発足する前、この島の人は国というものを持たず、ホムーロス王国や他の島の商船を襲う海賊として暮らしていたそうだ。

それが二百年前、諸島都市連盟コスキート国の礎《いしずえ》となる同盟が周辺の三島の間で結ばれ、その軍がこの島にいる海賊達に勝負を挑んだ。

結果、海賊達は敗れ、同盟に吸収される形になったそうだ。

この海賊船の模型は、その当時の船を再現して作られたらしい。

「面白いですね、この船」

「どう面白いのですか？　普通の船に見えますけれど」

「普通の船って、縦帆《じゅうはん》と横帆《おうはん》の二種類があって、追い風の時は横帆で、向かい風の時は縦帆を使って動くんですけど、この船は同じ形の横帆が三つ、縦に並んでいるんです。普通、こういう造りの船はありませんよね。だって、一番後ろの帆が風を受けたら、前二つの帆は斜めからの風以外あまり受けられないんですから」

「言われてみればそうですね。なぜそのような造りになっているのですか？」

「説明には書いていませんけど、多分、この船は魔術師の風魔法によって動いていたんだと思います」

魔術師が風魔法で船を動かすのは、軍船でもあることだ。しかし風魔法によって動くことに特化している船というのを、僕は見たことがない。

なぜなら、船を動かすような風を魔法で作り出すのは魔術師の消耗《しょうもう》が激しく、長時間船を動かすことができないからだ。

でも、海賊にとっては長時間船を高速で動かす必要はない。

速度が必要なのは標的に決めた商船に近付く時、そして敵となる軍船などから逃げる時だけなのだから。

だからこそ、こんな形になっているのだろう。

「んー、模型を見ただけでそれがわかるとは。士爵様だと伺っていましたが、造船の心得があるのですか?」

そう声をかけてきたのは、片眼鏡《モノクル》に白髪《しらが》交じりの男の人だった。

胸のところに名札がある。

【造船研究所所長　シープラド・フップ】

どうやら彼が所長さんみたいだ。

「はじめまして、シープラド所長。クルト・ロックハンスと申します。造船の心得はありません」

「心得がなくても瞬時に見抜くとは。なるほど、工房主《アトリエマイスター》リクトが自らの代理にあなたを選んだ理由がわかった気がします。どうぞ、中を案内しましょう」

ここからは所長さんが中を案内してくれた。

そうしていくつもの鍵を開けて入った建物の中。

その中には巨大な船が――一つもなかった。

あるのは多くの設計図と、そして巨大な魔道具。

「これが、我がボンボール工房所属造船研究所部門が誇る魔道具――魔道エンジンです」

シープラド所長によると、魔道エンジンとは、火の魔法晶石を入れることにより回転機能を生み出す魔道具のことらしい。その機能によって風車のような鉄の塊《かたまり》を回転させ、船の動力にするそうだ。

「この魔道エンジンと魔法晶石の組み合わせにより、船は風がなくても進むようになります」

「凄いですね」

「ええ。とはいえ、この魔道エンジンの出力はまだまだ未完成の状態です。魔法晶石のエネルギー効率は現在七パーセントです。実用レベルに達するには、このエネルギー効率を三十パーセントまで上げないといけません」

少し悔しそうな所長を見て、何かできることはないかと思った。

「そうなのですか――えっと、設計図を見せてもらってもいいですか？」

「はい、本来ありえないことですが、ボンボール様から許可はいただいております。こちらですよ」

「ありがとうございます。ああ、たしかにここの装置の回転速度がいまいちですね」

「一瞬でそれを見抜くとは!?　ですが、その箇所が高速回転すると摩擦熱《まさつねつ》により周囲の機器に影響が出るので、これ以上回転を上げられないのです」

「摩擦熱ですか。ああ、この部品の形状に問題がありますね。この形状をもう少し丸くしたら、抵抗もなくなって摩擦熱による周囲への影響がなくなり、必要な魔力も少なくなります」

「しかし、その部品の形を変えるとこちらの機器に影響が」

「それはですね――」

僕とシープラド所長は、一緒に来ていた四人のこともすっかり忘れ、その後一時間以上雑談をしたのだった。

◇◆◇◆◇

造船所の見学から、三日が過ぎました。

私――リーゼロッテとクルト様のボンボール工房での留学もそろそろ終わります。

そのあとは、いよいよ私達の本来の目的であるユーリさんの捜索に専念できます。

これまでの情報から、彼女の居場所はある程度推測できているので、彼女を探すというより、ローレッタ・エレメント島主との接見、交渉の準備が必要になるでしょう。

私はこの三日間、そのために必要なものを考えていました。

「化粧品ですか？　あれ？　でもリーゼさんっていつも化粧はしていませんよね？」

その必要なもの——質のいい化粧品のことを伝えると、クルト様は私にそう指摘なさいました。

「はい。お母様の、若いうちは美しくなることではなく美しさを保つことに努力しないといけない。必要のない化粧はその妨《さまた》げになる——という言葉に従って、ケアに専念しておりました」

「いいお母さんですね」

「いいえ、クルト様が浴室に置いてくださっているケア用品の品質がいいからこそ、その教えを守っていられるのです。それにこれまで会ってきたお偉い方々は男性がほとんどでしたから」

「え？　男性に会うから化粧をしなかったんですか？」

普通、化粧って女性が男性に会う時にするものじゃないのかな？　と言いたげな顔をなさっていますね。

「私くらいの歳だと、過ぎた化粧は、男性からの評判がよくないのですよ。むしろ化粧というのは、女性同士の見栄の張り合いのためにすることが多いんです。本当はそのような些事《さじ》に構いたくはないのですけれども、今回の交渉相手は女性ですからね」

「そうなんですか。たしかにリーゼさんは化粧なんてしなくても可愛いですもんね」

「……っ⁉　そんな、可愛いだなんて、照れてしまいます」

私は嬉し恥ずかしという気持ちで顔が火照《ほて》ってきました。

「あの、僕も何かお手伝いできるでしょうか？」

さらにはとても嬉しいことを言ってくださいました。

しかし、何をお願いすればいいのでしょう？

化粧品と言ってもこの工房にほとんど揃《そろ》っていますので、足りないものをいくつか買うだけのつもりでした。

そのため、買い出しの際に荷物を持っていただく必要はありませんし……まぁ、二人で買い物デートというのもいいのですけれど。

あ、そうです。

「クルト様は化粧品を作ることができますか？」

「化粧品ですか？　専門ではないですけど、一通りは作れますよ。村でみんなで作った時に覚えましたから」

「では、クルト様には是非、化粧品を作っていただきたいです」

クルト様の作ったものを私の顔に塗《ぬ》る。

それはつまり、クルト様が私の一部になる――いいえ、クルト様が私の顔になるということです。

それほど光栄なことはありません。

そうです、ここで作ってもらった化粧品を国の金庫に保存し、私が死んだ時には死に化粧として彩《いろど》っていただきましょう。

死が二人を分かとうとしても、私の体は永遠にクルト様のものであると、そう意思表示するために。

「えへ……えへへ」

「あ、あの、リーゼさん？」

「はい！　それでクルト様、化粧品の材料はどこで買いましょう!?」

「そうですね――それなら……」

クルト様はある提案を私にしました。


「すみません、マイルさん、チッチさん。お休みのところ手伝ってもらって」

「私はリーゼ様のお世話をするように言われていますから、問題ありません」

「あたしも二人の護衛だし、むしろこれが本業だからね」

「………」

せっかく二人でお買い物デートができると思ったのに、クルト様は、化粧品の素材を採りに森へ行きたいと仰ったのです。

最初は、深い森の中で二人きりというのも悪くないと思いました。しかし――

「森の中でしたら、ボンボール様から採取の仕事を仰せつかったことが幾度《いくど》かありますので、案内できると思います」

「魔物がいるかもしれないから、あたしもついていくよ」

と、マイルとチッチが申し出てきたのです。

当然クルト様は、二人に来てもらうのは申し訳ないと言いながらも、了承してしまわれました。

護衛ならファントムがいるから必要ないと、チッチもわかっているはずですのに。

「ところで、士爵様。化粧品の材料って何を集めたらいいんだい？」

「植物がほとんどですね。七十種類くらい化粧品を作るので、いろいろと集めないといけません」

「七十種類っ!?　そんなに必要あるのですか？」

「ええ。どうせだったら、チッチさんやマイルさんやハイルさんが使える化粧品も作ろうと思いまして」

それでも多すぎると思うのですけれども。

「私の分も頂けるのですか？」

「あたしは化粧とか必要ないと思うんだけど」

マイルは驚き、チッチは少々嫌そうな顔をした。

チッチ……あなたはクルト様の厚意をなんだと思っているのでしょうか。

気に入りません。

「……あっ！」

と、クルト様が大きな声を上げて立ち止まりました。

「クルト様、どうなさいました？」

「あぁ、こりゃ厄介だな」

クルト様が説明する前に、チッチが眉をひそめました。

何があるのでしょう？

ただ少々傷ついていた大きな木があるだけですが……

「この傷はオークの牙によってつけられている」

「ああ、オークですか」

オークというのは、猪《いのしし》のような顔の魔物です。

暴力的な性格であり、力も強く、ゴブリンよりも危険視されています。

とはいえ討伐難易度はDランク。駆け出しを卒業した冒険者がパーティを組んで倒すのが一般的で、私でも倒せそうな魔物です。

まぁ、ゴブリンやスライムに負けるクルト様にとってはそのような魔物でも強敵――ひるむのも無理はありません。しかし、護衛であるチッチが声を上げるとは情けないですね。

この森にゴブリンとオークの目撃情報があるくらい、調べればわかるでしょうに。

……あれ？

「チッチさん、今、オークの牙によって傷つけられていると言いましたよね？　オークは木登りが得意なのですか？」

「そんな話は聞かないなぁ」

「では、なんであんな位置に傷があるのですか？」

オークがつけたという木の傷は、高さ四メートルくらいの位置にありました。

あの位置に牙があるということは、オークの全長は五メートルを超えることになります。

「オークといっても亜種はいっぱいいるからな。あの大きさだと……ハイオークか？」

チッチが傷を見ながらそう言いました。

ハイオーク、討伐難易度はBランク。都市周辺でその個体が発見された場合、賞金首がかけられ早期討伐対象になる要警戒の魔物です。

「いや、それよりもっと上……オークロード級の魔物ではないでしょうか」

クルト様の言うオークロードは、百匹以上のオークを従えており、討伐難易度はAランクです。

まさに災害級の魔物で、通常、国家騎士が対応します。

そのような魔物がこの森の中にいるなんて。

「今すぐ帰って冒険者ギルドに報告しましょう！」

私がそう提案した、その時です。

ガサガサと、背後の茂みから物音が聞こえました。

嫌な予感がします。

いつの間にか、チッチが剣を構えていました。

「クルト様、後ろに下がっていてください」

私はそう言って、呪文の詠唱を始めます。

オークロードが相手では、私の魔法は目くらまし程度にしかならないでしょうが、ないよりはましです。

そして、魔法の詠唱を唱え終わった時、それが現れました。

――ゴブリンが。

「なんだ、ゴブリンですか」

人間よりも小さなその姿に、私は表情を緩《ゆる》ませました。

マイルやクルト様のような、戦闘適性のない人にとっては天敵ですが、これならチッチ一人でも大丈夫そうですね。

「油断するな！」

しかしチッチは、鋭い声を上げました。

大袈裟ですね、ゴブリン程度に。

「ギ――？」

ゴブリンはこちらを確認すると、襲い掛かって――というより何かから逃げているようにこちらに向かってきます。

「ギイイイイっ！」

次の瞬間、ゴブリンの背後から巨大な手が現れ、ゴブリンの頭を掴みました。

続いて、その手の持ち主――全身毛皮に覆われた巨大な豚の顔の魔物、オークロードが姿を見せました。

オークロードは手の中でゴブリンが暴れるのもお構いなしに、それを口へと持っていき――

「………………っ⁉」

生きたまま食べました。

ゴブリンの右手がオークロードの口から零れ落ち、指が僅かに動きます。

魔法を使おうにも、先ほど準備していた魔法は、ゴブリンだと思って油断して詠唱を解いてしまいました。かといって今から詠唱を始めては勘づかれる可能性が高いです。

「大丈夫ですか⁉」

「皆さんは下がってください」

私達の前に、冒険者の姿をした女性の剣士が二人、どこからともなく現れました。

この二人は、おそらく木の上で待機していたファントムです。

彼女達は冒険者ランクでいえばAランク相当の実力があるので、二人がかりならオークロードでも引けを取ることはないでしょう。

早速、一人がオークロードに斬りかかりました。

オークロードはゴブリンを食べて油断していたようです。その胸にはいとも簡単に剣が突き刺さり、血液ではなく白い液体が飛び散りました。

ファントムがそのまま剣を押し込もうとしますが、チッチが叫びます。

「――ダメだっ！」

「なっ――」

ファントムの剣は、食い込んだところで止まってしまっていました。

力を込めても、これ以上刺すことも抜くこともできないようです。

オークロードは胸の剣を気にした様子もなくゴブリンを食べ終わると、胸に力を込めました。

すると、いとも簡単にファントムの剣は折れてしまいます。

ファントムが使っている剣は、見た目はただの鉄の剣ですが、錬金術によって強度が増した強化鉄を使っています。それが胸筋だけで……

剣が折れて地面に落ち、絶望の表情を浮かべるファントムの頭を、オークロードが掴みました。

ま、まさか――

「頼んだ」

頭を掴まれたファントムがそう言いました。直後、もう一人のファントムが剣を納めてこちらへと走ってきます。

「うっ」

そしてそのまま、クルト様の鳩尾《みぞおち》を鞘に納めた剣で殴り、気絶させました。

「何をしているのですかっ⁉」

「失礼します」

「え？」

その直後、私もクルト様と同じように殴られ、一瞬で意識を刈り取られたのでした。


私の耳に入ってきたのは水の音でした。

徐々に意識が覚醒《かくせい》し、目を開くそこは洞窟の中でした。

ここはいったい……？　私はたしか、クルト様と一緒に森の中で――

「はっ！」

そうです、オークロードに襲われて。

「クルト様はっ！　……よかった、無事のようですね」

クルト様は私の横で寝息を立てていました。同じ毛布で寝ていたのですね。同じ毛布――

「――同じ毛布でっ！」

「姫様、興奮するのは後にしてくれるかな。そんな状況じゃないからね」

その場にいたチッチに注意され、私は自分の手で口を塞ぎました。

そして息を整え、押し殺した声で尋ねます。

「状況を説明してください」

「ああ。オークロードに襲われたところまでは覚えているね。ファントムって言うんだっけ？　一人はあのオークに殺されただろうね。もう一人は姫様と士爵様を気絶させた……あれは正しい判断だよ。姫様はあの殺されかけたファントムを助けようとしていただろ」

「…………」

チッチの言葉はまさに通りで、私は何も言えません。

「どんな作戦があったのかは知らないけど、どの道あのファントムは助からなかったさ。あのオークがちょっと力を入れたら頭が握りつぶされていただろうからね」

「そうですね……ところで、マイルさんとユライルさんはどこですか？」

「ユライル？」

「私を気絶させた彼女の名前で……殺されたカカロアさんの妹です」

「……護衛の名前、ちゃんと覚えているんだね」

「ええ、当然です。本来は名前で呼ぶことは禁止されているのですけれどね……」

カカロアさんが最期《さいご》に言った「頼んだ」という台詞。彼女は死を前にしても、私とクルト様を守れとユライルさんに命令し、彼女はそれに従ったのでしょうね。

「ユライルは周囲の偵察。マイルには一人で山を下りてもらった」

「一人でっ！　なぜそのような無茶をさせたんですかっ！」

「彼女は山に慣れている。それに戦力にならない。最後に、彼女は私やユライルの護衛の対象じゃない。理由はそのくらいかな？　マイルが無事に冒険者ギルドに辿り着けたら、私達が生き残れる確率が上がるしね」

「あなたは他人の命をなんだと――」

「それを言う？　カカロアはあんたのことを助けるために死ぬことを選んだんだよ。命が平等だとか、そういうことを言っちゃうつもり？」

「それは……」

チッチの言う通りです。

どう言い繕《つくろ》おうとも、カカロアさんが死んだのは私のせいなのですから。

「……カカロアさんはまだ死んでいませんよ」

「クルト様っ！　起きていらっしゃったのですか？」

意識が戻ったのは喜ばしいことですが、まさかファントムのことまで……

「今、気付きました。あの助けてくれた冒険者の方はカカロアっていう人なんですね」

いえ、それはなさそうですね。本当についさっき起きて、チッチの言葉から名前を知ったんでしょう。

クルト様は上半身を起こし、服を捲《まく》りました。

服の下は青痣《あおあざ》ができています。私の体にはそのようなものはなかったので、私の時は加減したのでしょう。

クルト様がいつも携帯《けいたい》なさっている常備薬を飲むと、青痣は一瞬にして消えました。

それを見たチッチが興味深そうに聞きます。

「士爵様の薬は凄いなぁ。高いんでしょ？」

「そんなことないですよ。僕が自分で作った——」

「あぁぁぁ！」

お願いですから、クルト様、あまり自分の薬のことは話さないでください。というかそれよりも——

「カカロアさんが生きているって、どういうことですか!?」

「さっきのオークロード、多分、子供の狩りの訓練に使う獲物《えもの》を探していたんだと思います」

「あのオーク、雌《めす》だったの？」

「はい、胸が大きかったですから。乳房《ちぶさ》の張り具合から、子供を生んで一カ月くらいですね。僕がいた村って全員魔物が苦手だから、対策のためにいろいろと勉強しているんでわかるんです」

チッチが驚いたように尋ねると、クルト様が恥ずかしそうに言いました。

そこは自慢《じまん》してもいいところだと思うのですけれど。

カカロアさんが剣を刺した時に飛び散った白い液体は、母乳だったようですね。

「子供の訓練ってどういうことですか？」

「オークは自分の子供が独り立ちする前に、手ごろな獲物を捕まえてきて、戦わせるんです。もちろん必ず子供が勝てる状態で。それでゴブリンを使おうと思って捕まえたところで、僕達を見つけて、人間のほうがいいと思ったんでしょう。だから標的を変えて、用がなくなったゴブリンは食べたんだと思います」

「ということは、カカロアさんは今頃――」

オークの子供になぶり殺しにされている可能性があるわけですね。

「オークは一回の出産で平均六匹から八匹子供を産み、獲物は全員と戦うまで殺されることはありません。急げば間に合うはずです」

クルト様が立ち上がり、そう言いました。

「クルト様、しかし相手はオークロードです。私達三人――周辺を偵察しているユライルさんを含めて四人で勝てるとは思えません」

「大丈夫です、僕に作戦があります」

クルト様は力強く頷きました。

とても頼もしいのですけれど、少し嫌な予感がします。

ユライルさんが戻ってきたところで、彼女とカカロアさんは偶然助けてくれた冒険者であると、クルト様に嘘《うそ》の紹介をします。

そして私達はクルト様の作戦通りに行動を開始することにしました。

ユライルさんにカカロアさんが生きていることを伝えると、彼女は私に耳打ちしてきます。

「殿下、姉が生きているのは嬉しい話ですが、しかし私達のために殿下を危険に晒《さら》すわけにはいきません。安全な道を確認しましたので、そこから帰りましょう」

「あなたはクルト様を信じられないのですか？　クルト様の作戦が失敗するわけがありません」

「しかし――」

「これは命令です」

私はそう言って、この話を終わらせました。

その後私達は、クルト様に言われた通りに素材を集めて、その素材を元にクルト様が道具を作りました。

次に、私が感覚強化の魔法を使い、オーク達の巣穴を割り出していきます。

道標《みちしるべ》にするのは、カカロアさんの血の臭い。複雑な気分ですが、現場でもカカロアさんの血の臭いが少なかったところから察するに、クルト様の言う通り、彼女はここでは殺されなかったのでしょう。

血の臭いは、山の奥のほうへと続いていました。

あの大きなオークロードが通った道ですから、私達が通れないわけがありません。感覚強化の魔法に頼らずとも痕跡があちこちにありました。

そして――

「臭いはあそこに続いています」

山の中の洞窟《どうくつ》――その前には石槍《いしやり》を持ったオークが二匹立っていました。

石槍といっても、木の枝に尖《とが》った石を括りつけただけで、石斧《いしおの》のようにも見えます。

「作戦通りに行きます――チッチさん、ユライルさん、お願いします」

私はそう言って、胡蝶を抜きます。

直後、チッチとユライルさんの姿が消えました。

「これは凄いな――本当に見えない」

「ええ、見えませんね」

当然です。胡蝶を普段から使う私にとって、姿を消すだけなんて初歩中の初歩、朝飯前ですから。

「足音程度なら問題ないと思いますが、あまり大きな音は出さずに慎重に近付いてください。それと、触れられたら気付かれます。私から離れすぎても幻術が解けますので、洞窟の中には入らないでくださいね」

「ああ、わかった」

「わかりました」

私の忠告を受け、二人がオークのほうへと向かいました……と思います、見えないのでわかりませんが。

「大丈夫でしょうか」

不安そうにクルト様が呟きました。

「大丈夫です。相手がただのオークでしたら、チッチさんはわかりませんが、ユライルさんが負けるはずがありません」

「……？　リーゼさん、ユライルさんを知っているのですか？」

「い、いえ、そういうわけでは。ほら、私達を命懸《いのちが》けで助けてくださった方ですから、弱いわけがありませんよ」

しまった、彼女がファントムであり私の護衛であることはクルト様には内緒でした。

私と彼女は初対面という設定なのですから、彼女の強さを知っているのはおかしな話です。

そういう細かなところから、クルト様が私の正体や自分の本当の実力に気付いてしまって、こんな場所で昏倒してしまったら困りますからね。

「そろそろ……ですね」

私がそう言った、その時でした。

右側のオークの喉《のど》から鮮血が溢《あふ》れました。左側のオークも、何か起こったことに気付く前に同様に喉を切り裂かれます。

叫ぶ間もなかったでしょう。

「行きましょう」

「はい」

私とクルト様は洞窟の入り口へと急ぎます。

断末魔の叫びもなかったので音で気付かれることはないでしょうが、血の臭いは消せません。

胡蝶で感覚を狂わせればある程度の臭いは誤魔化せますが、本当に消えているわけではないので限度があります。

「クルト様、お願いします」

「はい、わかりました」

クルト様は集めた草を組み合わせて作った薬を置き、火打石で着火します。

すると、草の量に似つかわしくないほど大量の白い煙が出てきました。

「えっと、作戦の中であたしに関係ないところは聞いてなかったんだけど、これでオークをいぶり出すんだっけ？」

「チッチさん、そんなわけないでしょ。見ていなさい。煙を吸ってはいけませんよ」

煙はますます増えていきます。

その時、異変に気付いたのか、オークが洞窟の中から現れこちらに向かってきましたが、煙を吸った途端、一瞬にして倒れました。

「まさか――毒っ⁉」

「本当に聞いていなかったのですね。毒を使ったら中にいるカカロアさんまで死んでしまうでしょう。これは眠り薬です」

それにしても、さすがはクルト様の作った眠り薬ですね、オークを一瞬で眠らせるとは。

「皆さん、準備ができました。チッチさん、最後の仕上げをお願いします」

クルト様はそう言うと、緑の石を洞窟の入り口に置いて後方に走りました。

私達もその後に続きます。そして、一番最後に走ってきたチッチが言います。

「ああ、ここは聞いていたよ。たしか私がこの短剣を投げたら――」

チッチが短剣を投げ、緑の石にぶつけました。

「何かに掴まってください」

クルト様に言われ、私達は近くに生えていた木に掴まります。

途端、掴んでいなかったら飛ばされてしまいそうな強風に襲われました。あまりの強風に、周囲の木々の枝についていた若葉が千切れて舞い上がります。

あの緑の石は、クルト様がここに来る途中で見つけたエメラルドの原石を加工した魔法晶石です。

それを砕くことで生まれる風によって、洞窟の奥まで眠り薬の煙を浸透《しんとう》させるのです。

それにしてもなんという威力――さすがはクルト様が作った魔法晶石ですね。

エメラルドの原石を一瞬にして加工したその腕前には驚嘆《きょうたん》するしかありません。

「威力もすごいが、森の中を数分歩いただけで、かなり値打ちのありそうなエメラルドの原石を見つけたこともたいがいだよな」

チッチのその台詞に、私は無言で頷きました。

私達は洞窟の入り口まで戻ると、ヒカリゴケを使い、洞窟の中を明かりで満たします。

眠り薬が行き渡った洞窟内は静まり返っていた……なんてことはありませんでした。

洞窟のあちこちからオークのいびきが鳴り響いているのですから。

「普通、即効性の眠り薬といえば、意識を失わせる薬なんだけど、クルトのは本当に幸せそうに寝ているな」

涎《よだれ》を垂らしながら笑って寝ているオークを見て、チッチが言いました。

「鎮痛作用は強めにしていますけど、快眠剤ですからね。あ、でも薬は通常の十六倍強力にしましたから、何をしても起きないと思いますよ」

「へぇ、本当に？」

クルト様の説明を聞いたチッチは、眠っているオークの横顔を蹴《け》りました。

何を――っ⁉

私は胡蝶を構え、オークを注視します。

……大丈夫ですね、起きていません。

「チッチさん、わざわざ蹴ることはないでしょ」

「実験実験、まぁどうせ殺すからいいじゃないか」

彼女はそう言うと、オークの喉を切りました。

オークは悲鳴すらあげずに絶命します。

「鎮痛作用のお陰で、痛みも感じずに死ねただろうな」

何も殺すことは——なんて言いません。

この規模のオークの群れとなると、放っておけばそのうち集団で町を襲ってくる可能性が高いんですから。

むしろ、自分で手を下さない、殺せと命令しない自分が情けないです。

「……僕も——」

クルト様も同じ気持ちだったのでしょう。眠っているオークに向かって愛用の短剣を振り下ろし——

「痛いっ！」

自分の脛《すね》を突き刺していました。

「って、クルト様、何をしているんですか!?　ヒーリング！」

私は急いでクルト様の脛に回復魔法をかけ、ハンカチで血を拭い取ります。

本当に、先ほどまでの手際のよさはどこへ行ったのでしょう？　戦闘が苦手というにも限度があります。

そういえば、足に纏わりついたスライムを倒そうとして同じようなことになっていたとシーナさんから聞いたことがありましたっけ。

「クルトさん、リーゼさん、ここは私とチッチさんでやりますから、任せてください」

「ああ、眠っている奴を倒すくらい、護衛の私達の仕事だからな」

ユライルさんとチッチに任せたほうがよさそうですね。クルト様の余計な傷を増やさないためにも。


それから倒したオークの数は二十匹。ゴブリンだったらこの程度の数はたまにある話ですけれども、オークだと多いです。

そしてこれまで倒した中には、オークロードはいませんでした。

かなり広い洞窟でしたからね。

ところどころで、ゴブリンのものと思われる骨が見つかりました。しかしそれほど数が多くないので、このオークの群れが生まれたのは最近なのでしょう。

途中、大きな地底湖がありました。どうやら普段、オークはここで水を飲んでいるようですね。

「感覚強化でオークロードの居場所を探りましょうか」

「リーゼさん、ダメです。さっきの睡眠ガスには、リラックス効果による入眠作用もあるんです。残り香とはいえ、その臭いを強く感じ取りすぎたら、眠ってしまうかもしれません」

「うっ……」

クルト様の作った薬です、その可能性は十二分にあるでしょう。私達は慎重に進むことにしました。

途中、脇道がいくつもありましたので、それらを一つ一つ確認しながら、私達は洞窟の奥へと辿り着きました。

そこには――

「姉さんっ！」

ユライルさんが駆け寄った先に、数匹のオークとカカロアさんがいました。ただし、両腕はあらぬ方向へと曲がっていて折られているようです。そんな状態で彼女は、戦っていたのでしょう。

全身ボロボロになりながらも――生きるために。

クルト様が鎮痛作用の強い眠り薬を使ったことに感謝しないといけません。

おそらく、彼女の味わっていた痛みは耐えきれないものでしょうから。

「ユライルさん、この薬をカカロアさんに」

「ありがとうございます」

クルト様から薬を受け取ったユライルさんは、カカロアさんに薬を飲ませました。

その間にチッチはカカロアさんを痛めつけていたであろう、寝ているオーク達にとどめを刺していきます。

そして、とどめを刺し終わったのですが――

「いないっ！　オークロードがどこにもいないぞっ！」

「そんなわけはありません。ここまでの脇道は全て探索しました。他に道はありませんし、出口も――」

私がそう言ったその時です。

【GUAAAAAAAAAAAAAAAAAAAAっ！】

私達がやってきた道から、怒りの咆哮《ほうこう》が聞こえてきました。

おそらく、地底湖があったあたりからです。

ただのオークの声とは思えません、オークロードでしょう。

「まさか……オークロードは別の部屋にいたんじゃなくて」

クルト様が何かに気付き、言いました。

「地底湖の中に潜って眠り薬から逃れたんじゃ――」

クルト様の予想はおそらく正しいでしょう。

その間にも、オークロードの咆哮はこちらに近付いてきます。

そうです、胡蝶を使って姿を見えなくすれば逃げられる――そう思った時でした。

「あの……クルト様、何をなさっているんですか？」

クルト様はナイフでオークの毛皮を剥いでいました。

私達よりも遥《はる》かに大きなオークなのに、私が少しよそ見をしている間に丸裸になっています。

「オークの毛皮は頑丈だけど、着心地は最悪だからあまり高く売れないぞ？」

チッチがそう言っても、クルト様はオークが持っていた木の槍で枠を作ってそこに毛皮を張りつけ、一瞬で扉を作ったのです。さらに通路に他のオークの毛皮を張りつけ――え？　他のオーク？

私が振り返ると、なんと全てのオークが丸裸になっていました。

生きているオークの首を斬るのはできなくても、死んだオークの毛皮を剥ぐのは一瞬なんですね、さすがクルト様。

クルト様は、オークの毛皮で壁を作り、扉を取り付けます。

その間にもオークロードのものと思《おぼ》しき咆哮が刻一刻と近付いていました。

「クルト様、その壁でオークロードの攻撃を防げるんですか？」

「防ぐのはオークロードの攻撃ではありません」

クルト様がそう言って取り出したのは、この洞窟の中に入る前に用意した眠り薬と魔法晶石――

ああ、もう一組用意していらっしゃったんですね。

クルト様は、急ごしらえの扉の向こうで眠り薬を燃やし、そして――

「チッチさん、お願いします」

「おう」

チッチさんがナイフで魔法晶石を暴発させると同時に扉を閉めました。

暴風で毛皮の壁が大きく揺れますが、煙が私達のいる場所に入ってくることはありませんでした。

そして、五分後。

「お見事だな、士爵様」

扉の向こうには、いびきをかいて眠りにつくオークロードの姿がありました。

幕間話　ボンボールの誤算

私――ボンボールは執務室でほくそ笑んでいた。

まったくもって都合がいい。

ここにきて、あのタイコーン辺境伯と繋がりが持てるとは思いもしなかった。

タイコーン辺境伯といえば、最近になって温泉を自動的に組み上げる装置を作るなど、私と似たような研究を子飼いの工房主《アトリエマイスター》にさせているという。

そして私が作っている魔道エンジン、あれは帆のない船だけでなく、様々なものを動かす動力になる。馬が不要な馬車、自動で水をくみ上げる井戸等、用途は無限大だ。

タイコーン辺境伯が、私と同系統の研究をしているのは間違いないはずだ。

それならば、急に子飼いの工房主《アトリエマイスター》の代理とやらを私の元に送り込んできたことにも説明がつく。

きっと私の工房を偵察させたいのだろう。

私は今、新たな出資者を求めている。この国での戦争が終わり、軍備縮小の流れとなり、国からの出資額が減っているのだ。

あのクルトという坊主は先ほどまで、私の自慢の研究所で研究の成果を見ていたそうだ。あの魔道エンジンの素晴らしさを見れば、きっとタイコーン辺境伯は私に出資を持ちかけるに違いない。

そう考えていた時だった。

「ボンボール様、よろしいでしょうか？」

「シープラドか、お前がここまで来るとは珍しいな。入れ」

私がそう言うと、所長が書類を持って入室する。

研究畑の人間で出世意欲などまるでないこの男は、放っておけば一年中研究所に引きこもっている。そんな男がいったいなぜ？

「魔道エンジンの成果が出ましたので報告に参りました」

「成果が出た？　回りくどい言い方だな。エネルギー効率が上がったんだろう。いくつまで上がった？　八パーセントか？　九パーセントか？」

「百二十パーセントです」

「そうか。よし、これまでの成果も含めてボーナスを――は？　今なんと言った？」

「エネルギー効率百二十パーセントでエンジンを動かす方法がわかりました。これがその設計図です」

「な……ん……だ……と……？」

そんな数字、理論上ですらあり得ないだろう。空想ではなく最早妄想《もうそう》だ。

私はシープラドから書類を奪い取り、目を通す。

新たな魔道エンジンのシステム構築、素材の選定、どれも画期的な方法だ。

これを見る限り、エネルギー効率は目標だった三十パーセントどころか、八十パーセントになる可能性もある。

しかも二枚目の書類、こちらは魔法晶石からいかに効率よくエネルギーを取り出すかという仕組みを説明していた。この仕組みなら、さらに五割増しの効果が期待できる。

合わせて百二十パーセントの効率になる、というわけか。

「いったい、これをどこで？」

「全て士爵様が生み出した発想です」

「士爵……あの少年が……」

まさか、私は勘違いしていたというのか。

タイコーン辺境伯は私の力を必要としている――そう思っていた。

だから、私は可能な限りあの少年をもてなし、恩を売ろうとした。

だが、実際に私は恩を受ける羽目になってしまった。

なぜ、タイコーン辺境伯は私にあのような少年を送りつけたのだ？

私は所長が退室した後、部下に命じた。

「ことは急を要する。『雷鳥《らいちょう》の塒《ねぐら》』を使って、あの少年について調べるのだ」

そう言ってから三日後。

クルトについての情報はほとんど集まらなかった。

「ええい、まだ集まらぬのか、クルトの情報は！」

「申し訳ありません、ボンボール様。表面的な情報――『炎の竜牙』で雑用係だったことや、タイコーン辺境伯様の部下であることなどはわかったのですが、それ以上は何も」

部下の言葉を聞き、私は苛立《いらだ》った。

クルトという少年だけでなく、リーゼという太守代理の情報も集まらなかった。

たかが工房主代理《アトリエマイスター》、たかが太守代理と侮《あなど》り、情報収集を怠《おこた》ったのもあるが、いざというときに、これほど集まらないとは。

しかも、問題はそれだけではない。リクトという工房主《アトリエマイスター》兼ヴァルハ太守という男の情報はあらかじめ集めていたのだが、改めて精査してみると、不審な点が多々出てきたのだ。

事前調査で彼が学を修めたという工房の、歴代在籍者の名簿を取り寄せたところ、たしかに彼の者の名前はあった。

しかし、さらに数年前に発行された旧版の名簿を見ても、リクトの名前だけはどこにも記されていなかった。

さらにかつて彼が住んでいたという場所、友好関係、家族についても、調べれば調べるほど不審な点がいくつも出てきたのだ。

まるで、何か巨大な組織が、存在しない人物を過去にそこにいたように見せかけている――そう思えてならない。

まさか、全てがあのタイコーン辺境伯の罠《わな》だったというのか？

「『雷鳥の嘴』の連中は何をしているというのだ？　ろくな情報がないではないか」

「それが、本部で大きな異変があったということで連絡が取れなくなっており――ただ、その異変にどうやら元『炎の竜牙』のゴルノヴァが関わっているという情報が入ってまいりました」

「『炎の竜牙』だと――まさか――」

「炎の竜牙」は、クルトが在籍していたパーティではないか。

「待て、たしか『炎の竜牙』の直近の成果といえば」

「フェンリル退治でございます。タイコーン辺境伯領北部の街道近くに巣食う魔狼《まろう》――それが討伐されたお陰で、我等諸島都市連盟コスキートとホムーロス王国との交易がスムーズに行えるようになりました」

「ああ、そうだった」

だからこそ、他国の冒険者パーティである「炎の竜牙」の名を私が知っているのだ。

しかし、ここまで事態が発展したら別の見方が出てくる。

つまり、タイコーン辺境伯は後々軍を進めるのに邪魔なフェンリルを、「炎の竜牙」を用いて退治したのではないかと。

そして、諸島都市連盟コスキートでも屈指の情報収集組織である「雷鳥の塒」を落とした。

「雷鳥の塒」は、表向きは国家とは関係のない犯罪組織だ――それをどうされたとしても批判することはできない。

全ては邪推《じゃすい》かもしれない。しかし――

「ここは島主様に一度連絡を取り、相談をしたほうがよいかもしれん」

部下が去った後、私はそうひとりごちた。

その時だった。

走り去ったはずの部下が戻ってきた。

「ボンボール様、大変でございます！　オークロードが現れたと報せ《しら》が入りました！　しかも、そのオークロードがいる山の中にクルト様とリーゼ様がいらっしゃるそうです」

「なんだと！　それは確かなのか！」

「はっ、報せをもたらしたのはマイルです。まず間違いないかと」

「そうか……マイルは何をしている？」

「はっ、冒険者ギルドに救援要請に向かったとのことです」

「そうか――」

しかし、よりによってオークロードだと!?

オークロードといえば、オークを束ねる強大な魔物だ。

個体の強さではフェンリルに敵わないものの、しかしオークロードによって率いられたオークの軍勢はフェンリルを上回るかもしれない。

そのような魔物が我が工房の近くに住んでいたとは。

逃げおおせたマイルは、運がよかったと言わざるを得ない。

おそらく、クルトとリーゼはマイルを囮《おとり》として連れていったのだろう。しかしそのマイルが無事となると、あの二人が生きている可能性は低い。

かといって救援部隊を用意しないわけにもいかないが……オークロードを倒すとなると、準備にいったいどれだけの時間が必要になるか。

間違いなく、この島の人間だけでは倒しきれない。

もしや、そのオークロードもこの島の兵力を削るための罠なのではないか？　タイコーン辺境伯は、いや、ホムーロス王国はこの国に対して侵略戦争を仕掛けてくるのではないか？　そう思えてならない。

だが、先の造船技術の情報提供の件がある。

あの船が実際に我が国に導入されるまで、少なく見積もっても三年の歳月を要する。仮にホムーロス王国が所有する軍艦に、既に同様の魔動エンジンが搭載《とうさい》されていた場合、コスキート諸島の軍艦ではまず勝ち目はない。

もしや、タイコーン辺境伯とホムーロス王国は、そのことを私に伝え、寝返るように打診《だしん》してきたのではないだろうか？

だが、私が考えを巡らせるうちに事態はさらに動いた。

三時間後。

「工房主《アトリエマイスター》ボンボール様、お出迎えしてくれたんですか？　ありがとうございます。あ、このオークロードの毛皮、船の帆を作るのに便利ですからどうぞ使ってください」

クルトは、まるで山で薬草を摘んできましたとでもいうような気軽な感じで、オークロードを持ち上げてやってきた。

たった一人で。

「士爵様、タダであげるのはもったいないだろ？　こんな巨大なオークロード、標本にしたら金貨百枚にはなるぞ」

「忘れていましたけど、クルト様ってかなり力持ちだったんですよね」

チッチという護衛とリーゼ太守代理も怪我一つない。

そして、見たこともない冒険者らしき女二人がオークを多く載《の》せた台車を運んできた。

まさか、まさかたった五人でオークロード一派を全員退治したというのか。

いったい、いったい私に何をしてほしいんだ？

いや、私はどうしたらいいんだ？

本当に、本当にわからない。

◇◆◇◆◇

俺、ゴルノヴァ様と遺跡で出会った謎のゴーレム、エレナは今、諸島都市連盟コスキート西部にあるグマイア島にいた。

諸島都市連盟コスキートの中でも、この島の治安の悪さは群を抜いている。

殺人事件の発生は記録に残っているだけで年間八百件。盗難事件、傷害事件に関しては数えきれない。

特に犯罪組織「雷鳥の塒」は島主に勝る権力を持っており、影の支配者と呼ばれている。

島内には警察組織というものは存在せず、住民の中から自警団を募《つの》って警備を行っているのだが、当然そのような組織では「雷鳥の塒」に対抗できるわけもない。

そんな「雷鳥の塒」のアジト――島で一番大きな屋敷の中は阿鼻叫喚《あびきょうかん》の地獄絵図と化していた。


「ここをどこだと思っていやがる！　お前のような奴が来る場所じゃ――ギャアアアアッ！」

「お、俺達は泣く子も黙る『雷鳥の――ギャアアアアッ！』

「いったい誰に雇われた！　いくらで雇われたかは知らないがその倍の額を――ギャアアアアッ！」

「雑魚《ざこ》では足止めにもならぬようだな。ここから四天王の一角である——グギャァァァァッ！」

「ほう、ビャコを倒したか。しかし、奴は四天王最弱。ここは——アヒャァァァァ」

「まったく情けない。たった二人の侵入者に——バファァァァッ！」

「俺に出番が回ってくるとはな。しかしこの俺を他の四天王と一緒だと——アンバラバァァァッ！」

四天王だとか名乗る奴——全員名乗る前に気絶しているが——を倒し、俺様達は「雷鳥の塒」の首領の部屋へと辿り着いた。

「ほう、まさかたった二人でここまでやってくるとはね」

そう言って俺達を出迎えたのは、首領のティローネという女だ。

元々は「雷鳥の塒」の前首領の愛人だったが、その立場を利用して幹部達を掌握《しょうあく》。前首領を暗殺し、現在の立場を手に入れたと言われている。

「なるほど、噂《うわさ》には聞いていたがたしかに色っぽい女だな。まぁ、俺様が抱いてきた女には劣るが」

裸に近い服を着たその女を見て、俺はそう笑った。

もっとも、そんな恰好をしているのにいくつも武器を隠しているのはわかっているが——恐ろしい女だ。

「勇敢《ゆうかん》な二人に名前を聞いてもいいかしら？」

「俺様の名前はゴルノヴァだ」

「ゴルノヴァ？　『炎の竜牙』のリーダーね。得意な武器は剣。個人としての冒険者ランクはAと聞いていたけれど、実力を隠していたの？　少なくとも四天王のうち二人は、Sランクの冒険者相当の実力があるのだけれど」

「詳しいな」

まぁ、そのくらいは知っていても不思議ではないか。

何しろ「雷鳥の嘴」は表と裏から様々な情報が集まり、情報収集能力はホムーロス王国のファントムにも匹敵する。だからこそ俺様は、こいつらを使ってクル——クルトの情報を集めようと、わざわざこんな所まで来たんだしな。

俺のような英雄クラスの冒険者の情報は当然握っているだろう。

「まぁいいわ。あなたはホムーロス王国で衛兵を切り倒し指名手配されていたのよね。私に実力を知らしめて幹部に取り立ててもらおうという魂胆《こんたん》かしら？　もしもそうなら歓迎するわ。強い人間はいつだって必要としているの」

「俺様に新たな四天王になれっていうのか？　悪いがそんなもんには興味ない。興味があるのはあんたのいるその席だけだ」

俺様がそう言うと、ティローネの目つきが変わった。

当然だ。俺様の今の発言は、この組織を乗っ取ることを意味しているのだから。

「そうね——それなら勝負しない？」

「勝負？」

「男と女の勝負なんて決まっているでしょう」

ティローネはそういうと、局部を隠していた僅かな布切れを紐解《ひもと》き、裸になって俺様を見る。

つまりはそういうことなのだろう。

「その勝負、男なら乗らないわけにはいかないが、隠し持っている暗器で俺様を殺す気だろう？」

「あら、そんなつもりはないわよ。言ったでしょ？　強い人間はいつだって必要としているの。殺さなくても、あなたを心の底から私の僕《しもべ》にすることくらい容易よ。他の四天王のようにね」

「はん、とんだビッチだな。しかし、お前は大きな勘違いをしているぞ。四天王を倒したのも、お前の座を必要としているのも俺様じゃない」

「あなたの立場を必要としているのは私です」

そう言って、俺の横にいた自称試作ゴーレムのエレナが一歩前に出た。

「……そのメイドちゃんが？　舐めるのもいい加減にしなさい。悪いけど私以外の女はこの組織に必要ないの」

ティローネはそう言って髪留めを外すとエレナへと飛ばした。

やはり髪留めが暗器だったようだ。

その髪留めはエレナの眼球に命中したが――

「鉄製の針で強化クリスタルの眼球が傷つけられる可能性はゼロです」

「――うそ――なんで？」

「投降しなさい。さもないと裏のおじさんから与えられた七つ道具であなたを拷問《ごうもん》します」

そう言ってエレナはメイド服の内側から道具を取り出した。

荒縄、筆、鳥の羽、蝋燭《ろうそく》、鞭《むち》、手錠《てじょう》、アイマスク。

どういうレパートリーだ？　と思ったが――まぁ、俺様にとってはなかなかに面白いお仕置きを見ることができた。

三十分間、ティローネの笑い声と悲鳴と歓喜の声とが室内に響き渡り、そして――

「「「我々『雷鳥の塒』はエレナ様の僕《しもべ》です。どうぞ好きにお使いください」」」

俺様達は、誰もが手を出せなかった「雷鳥の塒」を手中に収めたのだった。

しかも平和的に、全員が心からエレナに忠誠を誓った形で。

どうやらこの組織の人間は全員ド変態だったようだ。

「エレナ様ではありません。私の名称はエレナたんです」

「いや、そこはエレナ様でいいだろ」

俺様はそう言って、跪《ひざまず》く「雷鳥の塒」の面々を見下ろす。

「それより、お前等に調べて欲しいことがある。クルト・ロックハンス――この男に関する情報をできるだけ多く調べろ」

俺の言葉が聞こえていないのか、誰も反応しない。

「早くしろっ！」

俺がそう命令するも――

「「「…………」」」

やはり反応はまったくなかった。

俺がエレナを一瞥《いちべつ》すると、彼女は無言で頷く。

「調べなさい」

「「「はいっ！　エレナ様のためならっ！」」」

エレナが命令したら全員目を輝かせやがって。

くそくらえだ。

「エレナ様、クルト・ロックハンスなるものに関しては、すでに要情報収集対象として情報を集めています」

ティローネがそう言って資料を渡した。

なるほど、クルは雑魚とはいえ、「炎の竜牙」のメンバーの一人だったからな。それなりの情報があるというわけか。

俺様はティローネから資料を奪い取り、確認していく。

「――ガルルルル！」

ティローネが野犬のような唸《うな》り声を上げた。

エレナの拷問《ごうもん》のせいで人格もかなりねじ曲がっているようだ。

「どうどう。ゴルノヴァは愛するクルトの情報が見つかって興奮しているのです」

そんなティローネを、エレナが宥《なだ》めていた。

その間に資料を読む。

「クルト・ロックハンス士爵だとっ⁉」

あいつ、貴族になってやがったのか。

しかも工房主代理《アトリエマイスター》だと？

糞野郎《くそやろう》、俺がこんなに苦労している間にえらく羽振りのいい思いをしやがって。

許せねぇ。

しかしあの馬鹿雑用係、幸いあいつもこの国にいるらしい。

今すぐ会いに行ってこの欠陥メイドゴーレムを返品してから、しっかり灸《きゅう》を据えてやらんといかんな。

いや、しかしクルの奴が士爵になったというのなら、こっちもそれなりの地位を確保したいところだ。

「俺様も爵位を得たいところだな」

それに俺様の罪を帳消しにする方法も考えねぇと。

「身分の差は結婚の障害になりますからね」

エレナの勘違いも相当だな。

そういえば、パオス島の武道大会、優勝者は国から恩赦《おんしゃ》が与えられ、小さな罪なら全て帳消しになり、さらには叙爵《じょしゃく》されることもあるという。

その試合は、男女ペアで行う。

俺様は横にいるエレナを見た。

人間離れしたこの力、まず戦って勝てる人間はいないだろう。人類最高峰の俺様でさえ歯が立たなかったのだから。

つまり、こいつとペアで戦えば、俺様達の優勝は間違いない。

この国の貴族という立場、そして「雷鳥の塒」という情報網があれば俺様はもう無敵だ。

行ってやるぜ、パオス島によ！

第3話　パオス島

オークロードの事件の調査のために、私、リーゼロッテとクルト様は、他の工房《アトリエ》の視察を中断することにしました。

まぁ、視察というのはあくまでもこの国に入って調査をするための方便ですから、予定を中止することに問題はありません。

ユーリシアさんの情報はユライルさんとカカロアさんが探っていますし、情報収集の素人の私はこうしてゆっくりと昼食をとらせてもらうことにしましょう。

「……うっ」

しかしテーブルの上に並んだ料理――豚肉のソテーを見て私は思わずうめき声を上げました。

「マイルさん、これはまさか昨日のオークの肉ではありませんよね？」

「違います。普通の豚肉です」

「そうですか。それにしても、オークと戦った翌日に豚肉の料理を用意するとはどういう神経をなさっているのかしら」

「作られたのはクルト様ですが？　いい豚肉が市場に売られていたとのことで」

「なるほど、豚を食べることで、オークへのトラウマを払拭《ふっしょく》させる狙いだったのですね。お見事です、クルト様」

自分でも鮮やかな手のひら返しだと思ってしまいますが、しかし効果は覿面《てきめん》です。

昨日のオーク退治でしばらくの間豚肉は食べられないと思っておりましたが、クルト様のお陰で豚肉が好物になりそうです。

まぁ、クルト様が作った料理でしたら、オークでも好物になりますでしょうが。

「ところで、クルト様はどうなさっているのですか？」

「オークの解体を手伝うと仰っていました」

昨日運んできたオークは、洞窟にいたうちのほんの一部で、ほとんどは洞窟の中に残してきました。

その残してきたオークの死体が、今朝になって冒険者ギルドで雇った冒険者達によって運ばれてきたようです。

クルト様がオークの解体に手を貸すことは予想しておりましたので、クルト様の作業部屋は他の者とは分けています。他の冒険者にクルト様の作業を見せるわけにはいきませんからね。

「あの数ですからね。解体は……もう終わりましたでしょうか？」

本来なら数十人でも夕方までかかると思われますが、クルト様が作業をなさるのなら、もう終わっているでしょう。

「ところで、マイルさん。大事そうに持っていらっしゃるそれはもしかして――」

「はい、オークの睾丸《こうがん》です。クルト様に特別に分けていただきました」

嬉しそうに言うマイルに、私はため息をつきます。

オークの睾丸は男性に使えば、強力な精力剤になります。

ボンボールが使うのでしょうか？

「クルト様に使ってはいけませんよ」

「はい、存じ上げております」

マイルは微笑を浮かべてそう言うと、オークの睾丸を木箱の中にしまいました。

そして、私が食事を終えて紅茶を飲んでいた時でした。

「姫様、ちょっといいか？」

チッチが戻ってきました。

「チッチさん、その呼び方はやめてください。どうなさいました？」

「ああ、オークロードを解体したところで、ちょっと気になるものがあってな」

「気になるもの？」

いったいなんだというのでしょうか？

私が工房の倉庫に向かうために席を立った後ろでは、チッチが入れ替わるように食事を始めていました。

倉庫の中には、私達を苦しめたオークロードの死体がありました。

クルト様はその前で黒い玉を持っており、その玉に何かを刻んでいます。

かなり集中しているようで、私が入ってきたことにも気付いていません。

黒い玉に刻まれたのは魔法の文字でしょうか?

数ミリの文字が、人間の頭くらいの玉にびっしり短剣で刻まれていました。

私は魔法文字に関しては一般人より知識はありますが、やはり素人。何が書かれているのかはさっぱりわかりません。

ただ、かつて私の部屋の前に描かれ、クルト様によって消された呪い消しの魔法陣の文字の配列に似ているように見えます。

「ふぅ、これで終わりかな」

そう言ってクルト様は短剣を鞘にしまい、袖《そで》で額の汗を拭いました。

「お疲れ様です」

「わっ!?　リーゼさん、いたんですかっ!?」

ああ、驚くクルト様も素敵です――ってそうではなくて。

「はい――ところで、それは?」

「オークロードの心臓の中にあったんです」

「心臓の中に？」

「はい。たぶん、周囲から邪気を集め、魔物を強制的に進化させる宝具だと思います。放っておいたら、周囲から邪気を集め続けて不死生物《アンデッド》を生み出しかねないので、とりあえず邪気避けの結界を刻みました」

そんなものがオークロードの中にあったのですか。

……つまり、今回のオークロードの事件は仕組まれたものだということですね。

クルト様も、おそらくそのことに気付いて――

「なんでこんなものがオークロードの中にあったんでしょうか？　拾い食いでもしたんですかね？」

いえ、やっぱり気付きませんよね。

「あ、ユライルさんとカカロアさんに、ボンボール様への報告は任せました。ところで、カカロアさんですけれど……薬の効果は大丈夫ですか？」

「ええ、彼女は昨日あったことを全て忘れているようです。クルト様の薬のお陰ですね」

カカロアさんはオーク数体に弄《もてあそ》ばれるように傷つけられました。彼女は気丈にも耐えていたようですが、精神的苦痛がなかったわけではありません。

彼女は洞窟の外で意識を取り戻してから酷く荒れて、言葉すら発せられない状態になっていました。

そこでクルト様は、一日分の記憶を消す薬をカカロアさんに処方したのです。

彼女には何があったのか説明しましたけれど、それを聞いても取り乱すことはありませんでした。

傷はクルト様の薬によって癒《い》えましたし、破れた服もクルト様が縫《ぬ》ってくださいました。

剣も壊れていましたが、クルト様が新しい物を用意してくださいました――何の設備もない山の中でどうやって剣を用意したのかはわかりませんけれど、クルト様ですからね。考えれば糖分がいくつあっても足りませんので考えないことにします。

というわけで、ほとんどは元の状態になっていたものですから、カカロアさん本人も話を聞いても他人事《ひとごと》のような気持ちだったと思います。

「そうですか……本当はもっといい解決方法があったかもしれないんですけれど」

「いいえ、あれが最良だったと思いますよ。カカロアさんもユライルさんも感謝なさっていました」

「感謝するのは僕のほうですよ。カカロアさん達がいなければ、僕達はオークロードに殺されていたかもしれませんから」

「そうですわね。彼女達には後でお礼を申しあげないといけません」

とりあえずミミコさんには、あの姉妹の昇給と特別ボーナスの打診《だしん》をしておきましょう。

強い人間も大事ですが、忠義のある人間の確保と育成はとても重要ですからね。

「ところで、クルト様。そのオークロードの卵巣はどうなさるのですか？」

卵巣の部分は睾丸と同じく精力剤として使われます。

もしも使うのでしたら、私はいつお呼びがかかってもいいようにクルト様の部屋の前で就寝する予定です。

「これはとりあえずお金に換えようと思います。冒険者ギルドに売れば一財産になると思うので」

「一財産ですか……クルト様ってお金にはあまり興味がないと思っていましたが」

「興味がないことはないですよ。お金は大事です。それに、これは僕だけのお金ではなく、今回一緒に戦った皆さんの報酬ですからね」

あぁ、そういうことですか。

クルト様ご自身のためではなく、ユライルさんやカカロアさんのためなんですね。もちろん、そこに私が入っているのは言うまでもありません。

「リーゼさん、クルト様、ただいま戻りました」

と、ユライルさんがそう言って帰ってきました。

ちなみに彼女には、私が姫であることを隠すために「さん」付けで呼ばせています。

クルト様が「様」付けなのは、クルト様が士爵であるのと、カカロアさんの命の恩人だからでしょう。

「ユライルさん、お帰りなさい。どうでした？」

「それが、島主様はすでにパオス島に向かわれたそうです。どうやら転移結晶を持っていらっしゃらないみたいで」

転移結晶はとても貴重な魔道具ですから、島主レベルの人間でも持っていないこともあるのでしょう。

「工房主《アトリエマイスター》ボンボール様にも玉の件をお話ししたのですが、泡を吹いて倒れられたようです。かなり心労がたまっていたのでしょう」

あの人は報告をするたびに過剰な反応をなさっていましたからね。

仕方がありません。

「じゃあ、島主様への報告は僕達がしたほうがいいですね。リーゼさん、少し早いですけど、行きましょう――パオス島に」

ちなみに、オークロードの卵巣は、冒険者ギルドが金貨三十枚で買い取ってくれました。他のオークを含めて金貨四十枚になり、私達で話しあって分配することになりました。

一番多い金額を貰ったのは、命懸けで報告に戻ったマイルさんと、命懸けで私達を逃がしてくれたカカロアさん。

二人にはそれぞれ金貨十三枚ずつ渡し、私とチッチ、クルト様は金貨四枚、残りの金貨二枚はオークを運んだり解体したりした冒険者達に分配されることになりました。

「もう武道大会の会場にね。あたしとしてはそのほうが助かるから問題ないよ。参加の申し込みもしたいしね」

移動することにはチッチも二つ返事で了承してくれました。

そのため、目を覚まさないボンボール様にはマイルさんとハイルさんに言伝《ことづて》を頼み、私達は転移石で転移結晶を使ってパオス島へ行くことになりました。

今日はユライルさん、カカロアさんも正式に同行しています。

「ユライルさん、カカロアさん、お願いしますね」

「「…………………」」

クルト様の天使の笑顔を見て、ユライルさんとカカロアさんが固まりました。頬が紅潮《こうちょう》しています。

この二人、オークロードの事件以来クルト様と一緒に行動しているのですが、様子がおかしくありませんか？

いえ、正確にいえば、クルト様がカカロアさんを助けてからでしょうか？

クルト様は、ユライルさんにとっては姉の命の恩人、そして、カカロアさんにとっては自身の命の恩人。しかも助けたことを恩に着せようともしないクルト様に対し、好感度がうなぎのぼりなのは事実でしょう。

しかし――

「ユライルさん、カカロアさん、ちょっと――」

私は笑顔で、そう、クルト様に負けないくらい天使の笑顔で二人を手招きしました。

あぁ、クルト様に負けないくらいというのは言いすぎですね。クルト様に比肩《ひけん》する天使の笑顔を浮かべられるのは、アクリくらいしかいませんもの。

「は、はい」

「な、なんでしょう？」

なんですか？　ユライルさん、カカロアさん、そのまるで悪魔でも見たような表情は。

怒っていませんよ、ええ、怒っていませんとも。

「クルト様に手を出してはいけませんよ？」

だって、私はこんな笑顔で忠告できるのですから。

「カカロアさんもユライルさんも命の恩人ですからね、本当はこんなこと言いたくないんですよ。わかりますね？」

私が優しく言うと、二人は首が千切れるのではないかというくらい勢いよく首を縦に振りました。

ふぅ、これで一安心ですね。

「あの、姫様。一つ伺ってもよろしいですか？」

「なんですか、ユライルさん」

「私達がクルト様に手を出すことはありませんが、ユーリシア様はよろしいのですか？」

「…………まぁ、そうですね。ユーリシアさんとクルト様が結ばれたら、私は泣きますね」

私はそう言いました。

想像しただけで身が張り裂けそうです。

「でも、泣くだけ泣いて、最後には祝福できる。そういう関係なんですよ。だから、これから会いに行くんです。もちろん、このことは彼女に話してはいけませんよ」

調子に乗られては困りますからね。

祝福できるとは言いましたが、クルト様を譲るつもりは毛頭ありませんから。

私達は、転移結晶を使ってパオス島にやってきました。

転移石は砂浜に設置されていて、ヤシの木が私達を迎えてくれます。

「パオス島って暖かい島なのですね。これまでの島よりも北にあるので、もう少し寒いのかと思っていました」

カカロアさんが言いました。彼女の言う通り、この島は暖かいです。

「外気温は二十八・五度ですね。工房主《アトリエマイスター》ボンボール様の工房の周辺は外気温十二・八度くらいだから余計に暖かく感じます」

クルト様、なぜ外気温が小数点第一位までわかるのでしょう?

まぁ、クルト様ですからね。

逆に私達の服装が厚着で浮いている気がします。

アロハシャツというのでしたっけ？　そんな服を着ている男性もいますし、さらには更衣室で水着に着替えて泳いでいる人もいるくらいです。

「みなさん、ちょっと待っていてください」

クルト様がそう言うと、どこかに走っていきました。

「「「え？」」」

「五分で戻りますから」

私はカカロアさんに目配せをします。

彼女にはクルト様の護衛を頼みましょう。


そして五分後。

「皆さん、服を用意しました。一応、何種類かありますから、好きなものを選んでください」

クルト様が用意した服を見て、私は手を合わせて笑みを浮かべました。

この島に相応《ふさわ》しいラフな服を買ってきてくださったのですね、さすがはクルト様です。

私は招待状を受け取った都合上、これから武道大会のＶＩＰルームに行く必要があるので、後で観光する時に着ることにしましょう。

「「ありがとうございます」」

チッチ達も礼を言って服を選び始めました。

「それにしてもかなり高価な素材でできていますね。それにセンスも素晴らしいです。お高かったのではありませんか？」

王都の服飾店でもこれほどの服はありません。

さぞ名のあるデザイナーがデザインし、有名な職人が仕立てたのでしょう。

と、そこで私は気付きました。

カカロアさんがとても疲れた表情をしていることに。

まさか――

「すみません、服屋さんが混んでいたので、別の店で布地だけ買って僕が仕立てたんです」

……やっぱり。

ユライルさんが固まり、カカロアさんのほうを向くと、彼女は無言で頷きました。

◇◆◇◆◇

「唇の色は薄桃色でいいですね」

僕、クルトはリーゼさんにそう確認を取り、彼女の唇に口紅を塗《ぬ》る。

ブラシでしっかりと塗ると色持ちがとてもいいんだよね。

「はい、終わりましたよ、リーゼさん。鏡をどうぞ」

「は、はい、クルト様」

リーゼさんはゆっくりと鏡を覗き込み、すごく驚いた表情を浮かべた。

「クルト様、とても素晴らしいです！　自分の顔なのであまり褒めるのも気恥ずかしいのですが、本当に私ではないみたいです」

よかった、お気に召したみたいだ。

一応、お化粧のやり方は村のお姉さん達から教わっていたからね。筋は悪くないって褒められたことがある。

村を出てから一度もしていなかったけれど、腕は鈍《なま》ってないみたい。

これから、リーゼさんはこの島に来ている島主さんを含め、偉い方々と会うために武道大会の会場にあるＶＩＰルームに向かうことになっているらしい。

武道大会そのものはまだ予選も始まっていないけれど、様々な催《もよお》しが開催され、見学客も大勢入っているそうだ。

それでリーゼさんは、ＶＩＰルームでユーリシアさんに関する情報を集めるという。

それと、オークロードの報告もあるので、ユライルさんも一緒に行くみたい。

チッチさんは、これから武道大会の受付に行って参加登録をするそうなので、僕達の護衛の仕事は終わり。

「チッチさんもありがとうございました。これ、ギルドの依頼達成の報告書と、お礼です」

僕はそう言って、依頼達成の報告書と銀貨が詰まった革袋を差し出したんだけど、チッチさんは報告書だけ受け取り、僕の手を優しく押し戻した。

「お金はいいよ。というより、オークロードの報酬だけで想定以上に稼げたし、士爵様からは常備薬を貰ったからね。とても楽しかったよ」

チッチさんはそう言って、僕達に背を向けて手を振りつつ去っていった。

その姿を見て、リーゼさんが呟きました。

「意外でしたね。守銭奴《しゅせんど》だと思っていたのですが、お金を受け取らないなんて」

「やっぱりチッチさん、とってもいい人でしたね」

今度会ったら、新しいターバンでもプレゼントしようかな？

武道大会に参加するのなら、ずっとこの町にいるだろうし。

「クルト様も一緒にＶＩＰルームに向かいませんか？　クルト様はホムーロス王国の士爵なのですから、入る資格は十分にありますよ。紹介状もありますから」

「いいえ、僕は僕で情報を集めてみます。リーゼさんにばかり頼ってはいられませんから」

「そうですか……それは残念です。まぁ、カカロアさんがいますから問題にはならないと思いますけれど」

「え？　カカロアさんがどうしたんですか？」

「な、なんでもありません。気になさらないでください」

早口にリーゼさんが言った。

そう言えば、カカロアさんはいつのまにかいなくなってるけど、気にするなって言われたから気にしないでおこう。

「それでは、お気をつけてください」

「はい、リーゼさんも無理しないでくださいね」

僕は頷いて、リーゼさんと別れた。


さてと、情報を集めるのなら、やっぱりあそこかな？

そう思って、僕は目的の施設を目指した。

向かうのは冒険者ギルド。全世界に支部を持つ独立組織だ。

そこでは依頼の他に、情報の売買も行われている。

ユーリシアさんは剣士として超一流だし美人だから、噂くらいは入っていてもおかしくない。

「見つけた、ここだ」

冒険者ギルドの看板を見つけて中に入った――と同時に、酒の匂いが僕の鼻腔《びこう》を刺激する。

ギルドに併設《へいせつ》されている酒場で、大勢の人がお酒を飲んでいたからだ。

武道大会に参加するために集まった人達だろう。まだ昼間だというのに、宴会《えんかい》の真っ最中みたいだ。

僕はお酒を飲む冒険者達を横目に、受付へと向かった。

「いらっしゃいませ、ようこそ冒険者ギルドへ」

受付には疲れた表情のお姉さんがいた。

「クルトと申します。個人の情報を知りたいんですけれど」

「はい、どのような情報でしょうか？」

「ユーリシアという剣士の情報です。白い髪で美人で年齢は十七歳」

僕はそう言って、銀貨を一枚と冒険者ギルドの身分証を置いた。

個人の情報を調べてもらう時は対価が必要になる。ちなみに、冒険者ギルドの身分証があれば割引になるので一緒に置いた。

冒険者ギルドの身分証は、前回更新した時に僕の適性も記載されているので少し恥ずかしいんだけど、そこまでは見ないよね？

「少々お待ちください」

お姉さんはそう言って部屋の奥へと向かい、すぐに戻ってきた。

「クルト様、ユーリシアという女性はホムーロス王国の貴族様ですね。すみません、貴族様の情報はお渡しすることはできない決まりになっておりますので」

「あ、そうだった」

僕としたことが、迂闊《うかつ》だった。ユーリシアさんは女准男爵なんだから、冒険者ギルドで情報が貰えるわけないじゃないか。

それに気付いていれば、タイコーン辺境伯様からの紹介状を使えたのに。

今からリーゼさんのところに紹介状を貰いに――って、ＶＩＰルームに入るための手段がないか。

「すみません、お役に立てずに」

「いえ、ありがとうございました」

弱った――そう思った時だった。

「キリッカ嬢ちゃん！　うちの雑用係が泡を吹いて倒れちまった！　代わりの料理人を雇えないかっ⁉　できれば料理の適性ランクＥ以上で。このままじゃ店が回らん！」

酒場のマスターさんらしい人がそう言ってやってきた。

本当に忙しいんだろうな。料理を運んでいる給仕さんも目を回しそうになっているし。

「ナイガラさん、そんなにすぐには見つかりませんよ。あ、クルト様、冒険者ギルドの身分証をお返し――あっ」

お姉さんは僕の冒険者ギルドのカード、裏に書かれている適性欄を見て声を上げた。

「ちなみに、クルト様はこの後ご予定はありますか？」

「いえ、ないですけど……」

なんだろう、嫌な予感がするんだけど。

予想通りというか、僕はそのまま冒険者ギルドに併設された酒場で雑用係として雇われることになった。

頼まれたら断れないというのが僕の悪いところ――というよりも、僕なんかを頼ってくれるのが嬉しいんだよね、やっぱり。

本当はユーリシアさんを探さないといけないんだけど、あてにしていた冒険者ギルドでもこんな状況だと、町の情報屋でも難しいだろう。ユーリシアさん、貴族なんだもん。

一応僕も貴族だったっけ……まぁ、名前だけの貴族なんだけど。

酒場の雑用係をしている貴族って僕くらいじゃないかな？　うん、雑用貴族、僕にぴったりだ。

あ、もちろん僕が貴族であることは冒険者ギルドの身分証には記載されていないので、受付のお姉さん――キリッカさんも、酒場のマスターのナイガラさんも知らない。

知っていたら雇わなかっただろう。

というわけで、僕はナイガラさんに厨房に案内された。

厨房では多くの料理人が、忙《せわ》しなく料理を作っていた。

その一角には、洗っていない皿がそのまま山積みになっていて、土のついた野菜もある。

「悪いな、クルトだっけか？　調理適性Bランクなのに雑用係なんてさせちまって。一応、うちのルールで新人は元宮廷料理人でも雑用からって冗談で言ってるから、他の料理人に示しがつかないんだ」

「いいえ、僕は適性は高くても、料理店で修業したことがあまりありませんから」

「そうか、なら悪いが頼む。お前にやってもらうことは主に二つだ。いくらこっちから頼んで働いてもらっているといっても、これができなければクビだからな」

ナイガラさんはそう言うと、目を閉じて指を立てた。

「まずやってもらうのは皿洗いだ。冒険者が食う料理は肉が多いからな、油が皿に残りやすい。これは俺しか知らないことだが、オレンジの皮を使うと油汚れが綺麗に落ちる。試してみたらいいと思うぞ、うん」

「はい、終わりました！」

「もう一つは野菜の皮剥きだ。イモとニンジンの皮をとりあえず剥いてくれ。これは俺しか知らないことだが、野菜の剥き方はナイフを動かすのではなく、野菜を動かすといいと思うぞ」

「はい、終わりました」

「そうか、わかってくれたか。じゃああとは頼んだぞ。仕事はそれだけ――」

「いえ、終わりましたよ？」

「……は？」

ナイガラさんはようやく目を開けて、そして気付いてくれたらしい。

僕が説明を聞きながら、皿を洗い終えて野菜の皮を剥いたことを。

「……いや、待て！　あの量だぞっ!?　……嘘だろ!?」

最初は僕の言葉を信じられないという感じで聞き返したんだけど、今度は僕が洗い終えたお皿と剝かれた野菜を見て、自分の目を疑っているようだった。

耳と目に自信がないのかな？

「まぁ、Bランクですから」

僕は調理だけではなく、掃除のランクもBランク。皿洗いって、結局は掃除の延長みたいなところがあるから、やっぱり得意分野なんだよね。

僕が自信を持って得意だと言えることなんて、少ないんだけど。

「そうか……まぁ、うちの連中は全員DランクとEランクだから……そうか……え？　いや……え？」

納得しかけたナイガラさんだったけど、やっぱり納得できないという顔で、洗い終わったお皿を指で擦《こす》る。

油汚れ、綺麗に落ちていると思うけど。

「ダメ……ですか？」

「いや……なんか、この皿を買った時より綺麗になっているように思える」

「次は何をしましょうか？」

「ん……あぁ、じゃあ他には……」

ナイガラさんが思案顔を浮かべた、その時だった。

「店長！　大変です、給仕の新人ちゃんがお客さんにセクハラされて逃げちゃいました！」

給仕をしているらしいお姉さんが入ってきた。

「なんだとっ！　この忙しい時に！　セクハラした客は叩き出せ！」

「もう叩き出しました！　もちろん会計と迷惑料は支払ってもらいました！」

うわ、さすが冒険者ギルドに併設されている酒場——結構凄いな。

「そうか、それはよくやった……が、新しい給仕を雇わんと店が回らんぞ。給仕の服は女性用しかないが……働いてくれるような友達に心当たりはないか？」

「ありませんよ！　あったとしてもお尻触られたり酔っ払いに絡まれたり貞操《ていそう》の危機があったりするような、こんな職場を勧められる友達なんていません」

「お前、自分の働く店をよくもそこまで貶《けな》せるな……しかし、働けそうな奴って他に……」

と、ナイガラさんが僕の足先から頭の上まで、じっと見つめる。

「うん、いたな。そしていけるな」

「……え？　待ってください、ナイガラさん。給仕の服、女性用しかないって言っていませんでした？」

「うん、いけるね。名前はクルミちゃんかな？」

給仕のお姉さんまでそんなことを言ってきた。

ダメ、さすがにそれはダメ。

絶対に断るから……断るからね。

この時ほど、頼まれたら断れない自分の性格を恨んだことはない。

僕は今、女性用の給仕服を着て、ツインテールの長いウィッグをかぶっている。なんでカツラなんて持ってたんだろう、ナイガラさん。

土下座までされたら断れな……いや、やっぱり断ったらよかったな。

でも酒場でお客さんからいろんな話を聞いたほうがきっといろいろと情報が集まると思う。お酒を飲んだら、みんな口が軽くなる。ユーリシアさんの情報を集めよう。

そんな風に自分を言い聞かせたけど、無理だ。

だいたい僕って女の子っぽいって言われるけれど、それでもやっぱり男の子だし、絶対にすぐにバレて大変なことになるよ。

「君、可愛いね。え、クルミちゃんって言うの？　よし、お兄さんボトル開けちゃうからお酌《しゃく》してよ」

「クルミちゃん！　こっちはエールジョッキで！」

「クルミちゃん、もうすぐ仕事終わりでしょ。この後一緒にご飯に行こうよ」

お客さん達が次々に僕に声をかけてきた。

「すみません、僕、この後用事があって」

「「ボクっ子きたぁぁぁぁっ!?」」

……あれ？　なんで、化粧もしていないし、口調も変えていないのに男だって気付かれないんだろ？

仮面舞踏会の時に作った変声の魔道具をつけているけれど、これだと中性的な声だから、男だと気付いてもおかしくないのに。

それに、さっきから周囲の男の人達がジロジロとこっちを見ては、笑みを浮かべている。

わかった……みんな僕が男だとわかっていながらからかって遊んでいるんだ。

そうに違いない。

「あ、あの、あまり見ないでください。恥ずかしいので」

僕が俯《うつむ》き加減にそう言うと、客の男の人達は全員テーブルに顔を打ち付けて悶《もだ》えていた。

絶対笑いを堪えているんだ、間違いない。

厨房に戻ると、給仕の先輩が声をかけてきた。

「クルミちゃん、お疲れ様。いやぁ、モテモテだね」

「からかわないでくださいよ」

「からかってないよ。ここまでモテると嫉妬《しっと》すらできないわ。あ、報酬はギルドの口座に振り込んでおくから、この料理を届けたらもう上がっていいって。これ、着替えだから忘れないようにね」

「は、はい。先輩お疲れ様でした」

僕は渡された配達の料理を持って、少し離れた場所にある武道大会の会場の控え室へと向かった。

控え室では出場登録を済ませている参加者達が鍛錬をしているようだ。

途中、何度も男性に声をかけられてしまって、思ったより時間がかかっちゃった。

「すみません、えっと、剣士ザッカスさんへのお届けの料理です」

「はい、渡しておきますね」

控え室は関係者以外立ち入り禁止なので、受付のおばさんに渡して、サインをもらった。

さて、どこかで元の服に着替えよう――そう思ったんだけど……あれ？

ふと控え室を見ると、ある人が目に入った。

髪の色はいつもと違うけれど、間違いない。

僕が見間違えるわけがない。

だって、あの人は――ゴルノヴァさんだ。

「すみません、ちょっと中に知り合いがいるんですけど、入ることってできますか？」

受付のおばさんに僕は尋ねた。

ゴルノヴァさんがいるのなら、もう一度会いたい。

会って話がしたい、それで何が変わるってわけではないのかもしれない。ただ、やっぱり僕は――

「知り合いの方ですか――すみません、参加選手以外は入ることはできないのですけれど、呼び出すことはできます。その方の名前はわかりますか？」

「ゴルノヴァさんです」

「少々お待ちください」

おばさんは名簿《めいぼ》を取り出し、調べる。

一度、あるページを指でなぞって、見つからなかったのか別のページをなぞる。

そして——

「参加登録されていませんね」

「そうです……か」

やっぱり見間違いだったのかな？

「もしかしたら、偽名で登録しているのかもしれませんね」

偽名で登録？

目立つのが大好きなゴルノヴァさんが偽名で武道大会に参加するってあまり考えられないんだけど、でも髪を染めていたし、もしかしたらそうなのかもしれない。

「武道大会の参加登録はまだしているんですよね？」

諦められない。

参加登録だけして、中に入った後で、棄権すればいいじゃないか。

「女性の参加登録は明後日まで可能です。男性の参加登録はすでに締め切っていますので無理ですけど」

無理……そう言われて僕は項垂《うなだ》れる。

「参加なさいますか？」

「ははは、冗談やめてください」

「そうですよね」（この子が戦えるようには見えないし）

「そうですよ」（いくら女の子の恰好をしていても男だって丸わかりですよ）

僕は笑って、おばさんに礼を言ってその場を去った。

大人しく宿に帰ろう――そう思ったんだけど、僕の足が止まる。

やっぱり、諦められない。

「……うん、やろう」

僕は頷き、そして物陰に入った。

道具は持っている――自分にするのは初めてだけど、やれることだけやってみよう。

僕は、鞄《かばん》の中から化粧道具を取り出した。


「お、おい、お前、声をかけろよ」

「バカ言え、あんな可愛い子、彼氏がいるに決まってるだろ」

「この世に生まれてきてよかった……俺、もうあの子と同じ空気が吸えただけで死んでもいい」

周囲からの声が聞こえてくる。

注目浴びてる……男だってバレているのかな？

「あ……あの、お兄さん」

僕のことをじっと見ていた、近くのお兄さんに声をかけてみる。

「あの、僕のことどう見えます？」

「と、と、とても素晴らしいと思います」

「素晴らしいって……？」

どういう意味かよくわからない。

「け……け………け……結婚したいくらいです！」

いきなりプロポーズされた。

で、でも結婚ってことは、僕が女性に見えているってことだよね。

僕は胸の前で小さくガッツポーズを取る……っと、カツラがずれそうになったんで慌てて頭を押さえ、小走りでその場を走り去った。

「あぁぁ……俺の天使が去っていく」

後ろからむせび泣く声が聞こえてきたけれど、振り返るのは怖いかな。

「すみません、参加登録させてください」

僕はさっきのおばさんのところに戻ってそう言った。

「本気？」

「本気です。ダメですか？」

「紹介状はありますか？」

「ありません」

「参加するパートナーは？」

「いません」

パートナー？　もしかして武道大会って一人で出場するんじゃないのかな？

「紹介状がない場合、予選からの出場になります。参加料は銀貨十枚、パートナーが見つからずに参加できない場合でも銀貨は返せません。大丈夫？」

「はい、大丈夫です」

僕は財布の中から銀貨を十枚取り出した。

僕の目的は武道大会への参加じゃなくて、ゴルノヴァさんと会うことだから問題ない。

おばさんは、銀貨十枚を受け取ると僕の顔を何度も見る。

お、男だって、ばれてないよね？

「……ああ、問題ありません。これが参加証とルールブックだから読んでおいてね」

そう言って、おばさんは参加証のワッペンと、ルールが書かれた三枚の紙を僕に渡してくれた。

「あっ、すみません、名前を訊《き》いてなかったですね」

「はい、僕の名前はクル……ミです」

あ、思わず僕って言っちゃったけど……いいよね？　別に。

こうして、僕——クルミの武道大会の参加登録が為された。

◇　◆　◇　◆　◇

「それでは、ユーリシア様。くれぐれも島からお出にならないように。そして、武道大会が終わりましたら必ずこの別宅にお戻りください」

壮年の執事にそう言われ、私はパオス島にあるローレッタ姉さんの別宅から出る。

会合があるローレッタ姉さんに、パオス島まで連れてこられた私は、束《つか》の間の自由を与えられた。

どうやら見張りもついていないようだ。私が本家に逆らえないことを知っているのだろう。

もしかしたら、私に残された僅かな自由な時間を満喫《まんきつ》してほしいという意図があるのかもしれないと一瞬思ったが、すぐに首を横に振った。

ローレッタ姉さんはそんなに甘い人間ではない。甘えは許さない。

昔、一緒に遊んだ時はそんなことはなかったのだが、彼女は変わってしまった。

幾度も手紙をやりとりし、そして実際に一度会った。それだけだが、そのくらい理解できる。

だからわがままを聞いてはもらえないだろうけど……かといってやはり、結婚もしたくない。

なんとか、ローレッタ姉さんに逆らわずに結婚しない方法はないか？

そう考えたところ、私はひとつの結論に辿り着いた。

つまり、武道大会で私が優勝すれば、優勝者と結婚するという話は流れるのではないかと。

だが、そう単純ではなかった。

この武道大会には、出場者は必ず男女一組にならないといけないという決まりがあるのだ。

元々、この大会は、結婚を前提とする恋人同士が困難に立ち向かうための試練として催されたのが始まりだった。

それが転じて、男女で参加する武道大会となり、他国からも多くの参加者が集まり、世界三大武道大会の一つに数えられる程になったのだ。

今回、ローレッタ姉さんの言葉に従うなら、私が参加して優勝しても、結局はパートナーとして一緒に参加した男と結婚しないといけなくなる。

これならば、私が自分で選んだ相手と結婚できるというメリットがあるのだが、残念なことに私には結婚したいと思える相手はいない。

……いや、一人いることはいるんだけど、あいつは武道大会に参加するような奴じゃないし、それ以上に私の問題に巻き込めない。だからこそ黙って出てきたわけだし。

というわけで、私は最後の裏ワザを選ぶことにした。

別宅を出たその足で、近くの薬屋に向かう。

ツンとする薬剤の香りが、クルトがよく魔法薬を作っている工房の調剤室を思い起こさせた。本人は魔法薬ではなく、ただの常備薬だと言い張っているけれど。

私は薬屋の婆さんに話しかける。

「すまないけれど、丈夫な包帯を売ってくれないか？」

「悪いが、今は包帯は品薄でね。怪我をしていないなら売るつもりはないよ」

私は銀貨を二枚カウンターに置いた。

それを見た婆さんは「ふんっ」と鼻を鳴らし、棚を指さす。

「その棚の物なら一つ持っていっていいよ」

棚にあったのは、あまり清潔《せいけつ》とはいえない茶色い包帯だった。

丈夫な包帯って言ったのに、力を込めれば千切れてしまいそうだ。

「もっとマシなのはないのかい？」

「だから品薄なんだよ。怪我をしたら売ってやるよ」

「……はぁ、まぁこれでいいか」

クルトがいたら、きっとオーガ同士が綱《つな》引《ひ》きの綱の代わりに使っても引き裂かれない包帯を用意してくれるんだろうけれどね。

「もう一つ買って行かせてもらうよ」

「好きにしな」

私はさらに銀貨を二枚置いて、高い買い物を終えた。

次に私は、病院へと向かう。

「すまない、髪を切りたいんだが」

最近ホムーロス王国をはじめとした一部の国々では、髪を切るのは専門の理容師が行うようになってきた。しかしこのコスキートではまだ、理容外科医《りようげかい》という医者が髪を切ることになっている。

髪も身体の一部という考えから、身体を合法的に切ることが許されるのは医者だけ、そういう理由にもとづいての決まりらしい。ホムーロス王国も数十年前までは医者が髪を切っていたというので、時代錯誤《さくご》とかそういうことを言うつもりはない。

ただ、そのせいで髪を切るための順番待ちが凄い状態になっていた。

武道大会が始まったら怪我人が増えるから、医者は髪を切る余裕がなくなると思われているんだろう。それだけではなく、参加者のゲン担ぎも含まれているようで、戦士風の男女の姿も見える。

「すみません、今日はもういっぱいでして――」

やっぱり普通には無理だった。

しかし、私は自分で髪を切る技術はない。

それに、ここでないといけない。

「・・・・例の個室があるでしょ？　そこを使わせてもらえない？」

私はそう言って、女准男爵の証である短剣を見せて金貨を握らせた。

受付の男は金貨と短剣を見て顔色を変える。

「しょ、少々お待ちください」

男が中に入っていくと、身なりのいい男がすぐにやってきた。

「お待たせしました、こちらへどうぞ」

前もって調べておいた通りだった。

そこは髪を切るための道具の他に、様々な化粧品や衣装が揃った部屋。

この病院では、貴族や富豪がお忍びで町を歩く時のためにこうした部屋が用意されているのだ。

「いらっしゃいませ、ここの説明は必要なさそうですね。それで、どのようなスタイルになさいますか？　貴婦人風になさいますか？」

「いいや、私がここで頼みたいのは――」

と私は希望の姿を理容外科医に伝えた。


そして、一時間後。

私の姿は、がらりと変わっていた。

金属鏡にぼんやりと浮かんだその姿は、化粧をした美青年。

そう、私は男装していた。

胸はさっき買った包帯を巻いて押さえているけれど、それでも隠し切れないため、厚手の革鎧《かわよろい》を着ている。

「声はやはり違和感があるな」

おしゃれなチョーカーにつけられた変声の魔道具から発せられる声は、中性的なもの。声変わり直前の男の子のそれに似ている。

自分の声じゃないみたい。さすがはクルトお手製の変声の魔道具だ。

一応タートルネックで、これも見えないようにしておかないとね。

チョーカーを探す時、鞄の中から舞踏会で使った仮面も一緒に出てきた。

警備用の安物だ。

「仮面舞踏会か……またクルトと一緒に警備の仕事をしたいな。まぁ、この仮面は好みじゃないけど」

私はそう言って、仮面をゴミ箱に捨てた。

「お客様、こちらはどういたしましょう?」

理容外科医が持っていたのは、私の髪だ。私は髪をかなり切り落としていた。

「買い取りお願いできる?」

「はい、こちらの白髪はとても長くて美しいですから、銀貨三枚でいかがでしょうか?」

「ああ、それでかまわないよ」

私は銀貨三枚を受け取らず、口止め料としてとっておいてもらうように頼んだ。

そしてそのまま、武道大会の会場へ向かった。

「まもなく男性参加者の武道大会の申し込みを打ち切ります」

会場に着くなりそんな声が聞こえきて、一瞬、そのまま素通りしそうになってしまったが、私は今は男なんだと思い出し、走る。

「すみません、参加登録お願いします」

そう言って、私は参加料を置いた。

そう、「最後の裏ワザ」とは、男として参加し、優勝することだった。

私が優勝すれば、さすがにローレッタ姉さんも結婚させることはできない。

普通ならば、準優勝した相手と結婚させると言い出すかもしれないが、それは絶対にない。

戦巫女の血を引く者に強者と結婚させ、その血を取り込むことが氏族会の願いなのだ。

つまり、私より弱い相手と結婚させることはない。

結局のところ時間稼ぎにしかならないと思うけれど、それでもできる限り抵抗したい。

まぁ、何はともあれ、パートナーとなる女性を見つけないとね。

パートナー探しをするために、後日、私は選手だけが立ち入ることができる広場にやってきた。

できれば、一人で参加したいんだけど、ルール上そうはいかない。

選手の多くは最初からパートナーが決まっているし、そもそも男性の参加者のほうが女性よりも多いので、女性のパートナーを探すというのは難しいだろう。

そう思っていたんだけど……

「ねぇ、お兄さん。パートナーがいなかったら私と一緒に参加しませんか！」

「待って、こっちがお兄さんを先に見つけたんだから。ね、一緒に武道大会参加しましょ！　その後もできれば一緒に」

「私、料理と裁縫《さいほう》が得意なんです！　それに、子沢山の家系です！」

待って待って待って、さっきから女の子がいっぱい来るんだけど。

料理も裁縫も子沢山の家系も、武道大会と関係ないでしょ。

「ごめん、先約がいるんだ」

私はそう言って女性達に断って広場の奥へと進んだ。

なに、あれ。

神聖な武道大会を恋人探し会場と勘違いしているのではないだろうか？

あ、それはローレッタ姉さんも同じだった。

まあ、この武道大会の由来を考えると、恋人探しというのはあながち間違っていないのかもしれないけど。

それにしても、なんでこんなに女性に言い寄られるんだ？　男性に声をかけられることも最近は少なくなったのに。

私、生まれてくる性別を間違えたのかもしれない。

でも、私がこんな状況なら、本当に可愛いリーゼのような女の子がいたら逆に男に囲まれて大変だろう。

「ねぇねぇ、お嬢さん。俺と一緒に武道大会参加しない？」

「いやいや、ここは俺とさ。どう？　俺、Bランクの冒険者だから決勝に行けるかもしれないよ？」

「今夜三ツ星のレストラン予約してるんだ。君と一緒にディナーを食べたいな」

そうそう、あんな風に……と声がしたほうを見ると、女の子が男三人に囲まれていた。

「こ、困ります。僕、人を探しているだけなんで」

僕っ子か。一人称が「僕」の女の子がいることは知っていたけれど、実際に見るのは初めてだな。

嫌がっている女の子に男三人がかりっていうのはあまり褒められたものじゃない。

「だから、パートナーを探しているんだろ？　俺がなってやるよ。Bランク冒険者の俺がな」

そう言って少女に手を伸ばそうとする男の手を私は掴んだ。

「やめな、嫌がってるだろ」

「ああ、なんだてめぇは！　すっこんでろ」

男が殴り掛かってきたけれど、私がカウンターで腹に拳を食い込ませると、腹を押さえてその場に蹲《うずくま》った。

「それでBランク？　せいぜいDランクってところだろ？　嘘を言うな」

私が残り二人の男を睨《にら》み付けると、男達はおずおずと立ち去る。

そして、私に殴られた男も、実力差くらいはわかるらしく、何も言わずに歩き去っていった。

「大丈夫か？」

「は、はい。ありがとうございました」

こちらを向いてお礼を言う少女の顔に、私は思わず見入ってしまった。

か、可愛すぎる。

リーゼも可愛いけれど、次元が違う。

え？　天使？　天使がこの世界に舞い降りてきたの？

女の私ですらキュンっとするんだ、男達が言い寄るのも無理はない。

というか、周囲からも視線を感じる――おそらくこの少女を遠くから見ているのだろう。

うん、この子は遠くから見るだけでも幸せになれそうだから、気持ちはわかる。

「本当に助かりました。お礼をさせてください」

「いや、お礼はいいよ」

「そんな……僕にできることならなんでもします」

そう言われて、私は思わずむせてしまった。

「バカっ、あんたみたいな可愛い女の子がそんなことを言うんじゃない！　絶対に言ったらダメだ！」

なんなんだ、この子は。危険極まりない。

もしもさっきの男達に同じことを言っていたら、即刻、休憩《きゅうけい》ができる宿屋に連れ込まれているぞ。

それとも、この子はこう見えて美人局《つつもたせ》か何かなのか？

いいや、そういう風には見えない。

服だけ見たらどこかの給仕のようだけれども。

「なんで君みたいな子がこんなところにいるんだ？　ってあぁ、人探しだっけ？」

「はい、知り合いに似た人がいたんで参加登録したんですけど、見つからなくて」

「そっか、よかったら一緒に探そうか？」

「いえ、もういないと思います。それにあの人は強いですから、参加しているのなら絶対に決勝戦に出ると思います。だから、あの人が戦っているところを遠くから見るだけでも……ごめんなさい、変な気を遣わせてしまいまして」

本当に寂しそうにする少女を見て、私はため息をついた。

そうか、きっとその男というのは、少女の片想いの相手か何かなのだろう。

そのことに気がつくと同時に、私は優勝するためには絶対に許されない選択肢を選ぼうとしていた。

「イヤなら断ってくれて構わない。もしよかったら、わた……俺が君を武道大会の決勝戦に連れて行ってあげようか？」

ああ、言ってしまった。

でも、もしも、もしもだよ。

クルトならどうする？

あのお人好《ひとよ》しが、こんなに困っている子がいたら放っておくと思うか？

いいや、絶対に放っておかない。

「え？　でも、僕、弱いですし」

「大丈夫だ。本当は俺一人で参加できるならそうしたいと思っていたくらいだし。本当にイヤなら断ってもいいからね」

さっきから、イヤなら断ってもいいと連呼しているのは、さっきのナンパ達と同列と思われたくないからだ。

「……いいえ、是非お願いします！」

「そうか。俺の名前はユーラだ。よろしくな」

「ユーラさんですね。僕の名前はクルミっていいます」

クルミ……はは、クルトと一文字違いか。

この子が私の勝利の女神になってくれることを願うとするか。

◇　◆　◇　◆　◇

私、リーゼロッテは武道大会会場のＶＩＰルームにやってきました。

ローレッタ・エレメントを探し、オークロードについて、マッカ島の島主、ウッス・イトーシュに報告するためです。

幸い、ホムーロス王国の王侯貴族はほとんどおらず、私の正体に気付きそうな者はいませんでした。

その他で厄介な者といえば……と、私は周囲を見回し、小さなグループに目を留めました。

男一人と女五人のグループです。中心にいる男は、直接会ったことはありませんが、聞いていた特徴が事前に調べた情報と一致します。

グラマク帝国トルスト侯爵《こうしゃく》の息子、次期領主のフタマ・ターノス。

女好きなことで有名で、美人相手ならどんな手段を使っても手を出す男です。

彼に見つかれば、クルト様の化粧を施された私は、確実に声を掛けられるでしょう。

リーゼロッテ・ホムーロスとしてなら彼の誘いを断るのは容易ですが、ヴァルハの町の太守代理リーゼとしてなら断れないでしょうね。

胡蝶があれば幻影を纏って逃れられるのですが、ＶＩＰルームへの刃物の持ち込みはいけないと思い、ここに来る前に外で待機するユライルさんに預けてしまいました。

可能な限り彼には背を向けつつ、仕事を終わらせましょう。

しかし、ローレッタ・エレメントも、ウッス・イトーシュも見当たりませんね。

もっとも、事前に情報を貰っていただけで直接見たことはありませんから、見落としている可能性もありますが。

私は部屋の入り口にいる、桃色の髪のメイドに声をかけました。

「失礼？　ローレッタ・エレメント様はこの会場にいらっしゃいますでしょうか？」

「ローレッタ様はまだいらっしゃっていません」

笑みをまったく浮かべずに、彼女は言いました。

まぁ、今日ここにいるのは社交目的の人ばかり。まだ武道大会の開催まで日数がありますからそうでしょうね。

「それでは、ウッス・イトーシュ様は？」

「会場の隅にいらっしゃいますよ。あちらです」

見ると、たしかにそこには白ワインの入ったグラスを持つ初老の男がいました。ほとんど壁に溶け込んでいるかのような影の薄さです。

……事前に貰っていた情報通りの男ですね。

あの影の薄さなら、見落としてしまったのも納得します。

異能か何かではないでしょうか？

もしもあの影の薄さが異能だとすれば、それに気付くこのメイドも只者《ただもの》ではありませんね。

「ありがとうございます」

私はメイドにチップの銀貨を数枚手渡し、ウッスのところへ向かいました。

「ウッス・イトーシュ様ですよね」

「は、はい。よく私に気付きましたね。このような会場にいて声を掛けられるなんて、五百三十六日ぶりですよ」

一年以上声をかけられていないのですか、この人は。それでよく島主が務まりますね。

そんなことを思いつつも、気を取り直して、彼にオークロードの一件を伝えました。

「あの、ウッス様、実は――」

ウッスは表情一つ変えずに、黙って私の話を聞いていました。

凄い胆力です。オークロードが自分の島に現れたなどと知れば、普通は慌てふためくものでしょうが。

「…………」

「あの、聞いていらっしゃいますか？」

「…………」

返事がありません。

どうしたのでしょうか？　そう思ったところに、先ほどのメイドがやってきました。

「失礼いたします」

そしてなんと、ウッス様の背後にまわると、膝蹴《ひざげ》りを喰《く》らわせたのです。

いったい、何を——っ!?

「はっ、すみません、あまりのことに立ったまま気を失っていたようです」

と、ウッスがハッとした表情になりました。

どうやら、膝蹴りは気つけだったみたいです。

ウッスが気を失っていたことに気付くとは、只者ではありませんね。

私は再度メイドに銀貨を渡して、礼を言いました。

「しかし妙ですな。あの付近のオークはつい一カ月前に冒険者ギルドに頼んで討伐していただいたのですが……とにかく、早速、対策を考えましょう」

「冒険者ギルドには周辺の地域の再調査を依頼していますよ」

「それはありがとうございます。ですが、周辺の調査は魔物についてだけですよね。魔物の異常増殖の原因は食にある可能性もあります。オークは雑食ですから、オークの繁殖《はんしょく》を手助けするような植物が生えているかも……ところで、オークロードの体内にあったという妙な宝具はどちらに？」

やはり気になりますよね。

「ホムーロス王国の魔術研究所に送りました。この国に魔術の研究所はないと聞いたので」

「それは助かります。私のほうからもお願いしようと思っていましたから。研究の結果は私にも送ってください……ああ、ここ数カ月、島に出入りした人間の洗い出しも必要ですね。リーゼ様、謝礼は私からも贈らせていただきます。なお、今回の件は外部に漏らさないようにお願いします」

謝礼というのは、つまりは口止め料ということですね。

しかし、まぁ先ほどまで気を失っていたというのにすらすらと……気は弱くて影も薄いですが、島主としては有能ということでしょうか。

私が納得していると、ウッスが再び口を開きます。

「それで、大変申し上げにくいのですが、転移結晶をお貸し願えないでしょうか？　もちろん借用書は書かせていただきます」

どうして私が転移結晶を持っていることを――って、あぁ、オークロードを倒した日のことを私は伝えていました。

オークロードを倒してからこの会場に来るためには、転移結晶がないと絶対に間に合わないですからね。

まぁ、ここで恩を売るのは悪手ではありませんし、いいでしょう。

「はい、それではこちらをどうぞお使いください」

私は持っていた転移結晶をウッスに渡し、借用書に血印を押してもらい、彼が去っていくのを見送りました。

さて、私もそろそろ帰りましょうか――そう思った時です。

「はい、そこのお嬢さん。俺様はあのグラマク帝国トルスト侯爵の息子、次期領主のフタマ・ターノスっていうんだ。ん？　知ってる？　いやぁ、有名人は辛いね」

……見つかってはいけない人に見つかってしまいました。

嫌味な笑みを浮かべた金髪の男が、女性を侍《はべ》らせてやってきました。

「はじめまして。ホムーロス王国タイコーン辺境伯ヴァルハの太守をしております、リーゼと申します」

「そっか、リーゼちゃんか。どう？　このあと一緒に食事でも」

「いいえ、私はこの後約束がありますので。すみませんが――」

「俺様の誘いを断るっていうのか？」

私が断ろうとすると、フタマの顔が豹変《ひょうへん》しました。

「俺の誘いを断った奴がどうなったか知らないようだな」

今度は脅迫《きょうはく》ですか。

ああ、鬱陶《うっとう》しいです。身分を明かして土下座させたい気になります。

別に構いませんよね、ここにはクルト様もいらっしゃいませんし、口止めさえしておけば。

「フタマ様、失礼ですが。私は――」

「そこまでにしてほしいであります。彼女は私の客人であります故《ゆえ》」

振り返ると、そこにいたのは美しい白髪の女性。目的の人物、ローレッタ・エレメントでした。

「ま、待て、このリーゼちゃんは俺が先に――」

「あら？　お父上からは何も言われていないでありますか？」

「……悪かった。あんたには逆らわないよ」

フタマはそう言うと、横にいた女を力ずくで抱き寄せ、私達に背中を向けて去っていきました。

「ありがとうございます。ローレッタ様」

「いいえ、客同士のトラブルはホスト国の代表の一人として見過ごせないでありますからね。それに、私に用があるのでありましょう？」

そして彼女ははっきりとその名を告げました。

「ユーリシアについて」


私はローレッタ様に案内され、ＶＩＰルームに併設されている個室へと向かいました。

貴族も使う個室で防音性に優れており、小さなテーブルには砂糖菓子が置かれています。甘いだけの菓子で私はあまり好きではありません。

「紅茶をお飲みになりますか？」

「必要ないでありますよ、リーゼロッテ王女」

「…………………っ！」

バレている⁉

私が彼女を探していたことは、部屋の外にいたメイドに聞けばわかるでしょう。それに、私とユーリシアさんの関係も少し調べればわかることです。

しかし、私の正体を知っているのはごく限られた人物――いいえ、私の素顔を知る人間がいればわかるかもしれませんが、しかし、このコスキートでその可能性は低いと思います。

彼女は調べたのでしょう。

ユーリシアさんに関わっている人物について全て。

「ならば話は早いです。ユーリシアさんに会わせてくださいませんか？」

「それは無理でありますね。彼女の居場所は私にもわからないでありますから」

「わからない？」

「ええ。彼女はこの武道大会の間、島で束の間の自由を満喫《まんきつ》していて、護衛もつけていないでありますよ。いいえ、束の間というのは適切ではありませんね。彼女にはこれまでの十七年間、自由を与えていたでありますから」

島で自由に行動している――ですか。ユライルさんとカカロアさんに探してもらえば見つかるかもしれません。その話が本当なら。

「では、彼女を見つけたら連れて帰ってもよろしいのですね？」

「それもできないであります。彼女には、この武道大会の優勝者と結婚していただくでありますから」

「なんですってっ⁉　けっ、結婚⁉」

「この国の法律では、十二歳から結婚できるであります。特におかしなことはないでありますよね？」

たしかに、生まれた時から婚約者がいるなんて、王族では当たり前です。私も婚約者がいたことはあります。幸い、その婚約者には会う前に婚約破棄《こんやくはき》されていますので、今はフリー――いいえ、クルト様の虜《とりこ》なわけですけど。

しかし、ユーリシアさんが結婚、しかも武道大会の優勝者と？

「それを彼女が望んでいるのですか？」

「それ以上は当家の問題であります」

「望んでいないんですね。ならば、そのような結婚は認められません。彼女は現在、我がホムーロス王国の国民であり、貴族なのですから」

「あなたが認めずともユーリシアは逆らわないでありますよ。ああ、結婚を阻止したければ、武道大会に出場なさってはいかがでありますか？　クルト士爵といいましたでありますかね？　あなたがくびったけの方も冒険者として活動なさっていたそうですし、もう男性の参加受付は終わっているでありますが、特別に参加を認めるでありますよ」

この女――クルト様のことまで調べたのですか。

さすがにクルト様の特異な能力までは知らなさそうですが、冒険者としての実力は知られているようですね。

クルト様が武道大会に参加したところで、予選落ちは目に見えています。

パートナーにユライルさんかカカロアさんをつければとも思いましたが、ダメですね……あの二人が身につけているのは主に暗殺技術。冒険者としても一流の腕前を持っていますが、それでも一人で男女一組を相手に戦って勝つことはできません。

「考えさせていただきます」

「そうでありますか？　出場させたいのならいつでも仰ってください。出場枠は用意するでありますよ」

「その時はよろしくお願いします」

私はそう言って頭を下げ、個室を出ました。

まずはユーリシアさんの居場所を探る——そこから始めないといけませんね。

それと……と考えを巡らせようとしたところで、足元に何か落ちているのに気付きました。

「あら——？」

それは、あの有能そうなメイドが頭につけていたカチューシャでした。

ここで聞き耳を立てて？　いいえ、この部屋の防音性能を考えると、聞き耳を立てても中の会話を聞くことはできません。

しかし、このカチューシャの持ち主であると思われるメイドの姿はどこにもありませんでした。

◇◆◇◆◇

「俺様の自慢の赤い髪が……それもこれも全部クルのせいだ」

紫色に染まった自分の髪を見た俺、ゴルノヴァ様は、鏡を殴りつけた。鏡にはあっさりと罅《ひび》が入り、脆《もろ》くも砕け散った。

あいつが大人しく俺の飯を作っていたらこんなことにはならなかったんだ。

リストラしたくらいで勝手にいなくなりやがって。

しかし、この武道大会で優勝すれば、全ての問題が解決する。

まあ、犯罪者として手配されている以上、優勝するまではこうして変装せざるをえない。

架空の身分は「雷鳥の塒」に用意させたし、パートナーはエレナにやらせればいい。

クルの情報も集めさせている最中だし、全ての流れが俺に向いてきた。

「戻りました」

と、そこでエレナが戻ってきた。

エレナには、まずはクルトと行動を共にしている女について調査をさせていたのだ。

「情報は手に入ったのか？」

「はい、メイドとして潜入《せんにゅう》し、ＶＩＰルームの個室での会話を入手しました」

ＶＩＰルームの個室か。

そういう部屋はたいてい防音性に優れているのだが、ゴーレムのエレナは壁の振動を解析して音声に復元するとかいうよくわからない機能を持っているらしい。

そのため、盗み聞きなどお手の物だろう。

「ん？」

渡された紙に書かれた情報を見て、俺は目を細めた。

「あの女の名前はリーゼロッテ・ホムーロス……ホムーロス王国の第三王女だとっ⁉　しかもクルにベタ惚れっ⁉」

よくわからないが、しかし、これは本当に運が向いてきた。

つまり、クルを俺の言いなりにすれば、ついでにホムーロス王国の第三王女もまた自由に操れるということではないか。

「でかした！　エレナ！」

「喜んでもらえてなによりです。ですが、この武道大会で優勝してはいけません」

「ん、なんでだ？」

「優勝すれば、ローレッタ・エレメントの従妹《いとこ》であるユーリシア・エレメントとの結婚が言い渡されます。クルトと結婚するつもりなら優勝してはいけません」

そうだ、エレナは俺がクルを愛していると勘違いしているんだったな。

「なんだ、そんなことか。安心しろ、俺が結婚したいのはクルだけだ。優勝しても断るよ」

俺はエレナにそう言ったが、ローレッタ・エレメントといえば「雷鳥の塒」の情報によるとコスキート王国一の軍事島の島主じゃないか。

その力があれば、このエレナという言動がポンコツなメイドゴーレムを破壊できるだろう。

こいつは運が向いてきたぜ。

「クルとの結婚のためには、まずは俺の犯罪歴を消す必要がある。お前はクルの居場所と、出場者の情報を集めてくれ」

エレナ、お前は有能だが、俺の野望のためには邪魔なんだ。

せいぜい俺のために役立ってから壊れてくれ。

俺は、近くのゴミ捨て場で拾った仮面をエレナに渡した。

第4話　予選会

武道大会の参加登録の翌日。

昨日と同様、ギルドに併設された酒場で働きながら、僕、クルトはため息をついた。

思わぬ形で、武道大会に参加することになっちゃったな。

僕が男だってことに、ユーラさんは気付いていないみたいだったし……はぁ、どうしよう？

改めて考えてみれば、これって反則だよね。

だって、この武道大会は男女一組で参加しないといけないんだから。

ユーラさんに正直に話して、いまからでも別のペアに……ってダメだ。もうメンバー登録は済ませちゃったから。

「でも、僕みたいな足手纏《あしでまと》いがいて、本当に決勝までいけるのかな」

僕は改めて、武道大会の概要が書かれたチラシを見た。

武道大会の決勝トーナメント出場枠は十六組。うち六組は推薦《すいせん》で埋まっているので、予選参加者から決勝トーナメントに出場できるのは十組になる。

参加者は僕達が登録した時点で二百八十組。最終的には三百組を超えることになるそうだ。

つまり、決勝トーナメントに出場できるのは約三パーセント。

予選は一回だけなので、九十七パーセントの出場者はここでふるい落とされる。まさに最初にして最大の難関といってもいい。

その予選の内容は魔物退治だ。

参加者はこの島の中央部に位置する山に向かい、魔物の討伐証明部位を持って運んでくる。魔物の種類に応じてポイントが与えられ、ポイント上位十名に出場枠が与えられるらしい。

このルールの一番の肝は、会場まで証明部位を運ばないとポイントにならないことだ。つまり逆に言えば、それさえ会場に運んでくれれば、必ずしも魔物を倒さなくてもいいということ。

例えば、ミノタウロスの角が討伐証明部位の場合、ミノタウロスの角だけを切り取って逃げても問題ない。

さらに言えば、ミノタウロスと戦わなくても、ミノタウロスの角を持っている他の参加者から奪ってもいい。

反則にも思えるけど、でもどのみち決勝トーナメントでは人対人の戦いになる。ルール上、相手を殺したり大怪我を負わせたりしてはいけないことになっているのが救いだ。

でも、このルールなら僕も役に立てそうだな。

運び屋としての力があれば、一度に多くの魔物を運ぶことができる。

丁度今も、薪《まき》の買い足しをナイガラさんに頼まれたたし。

「すみません、薪を十束売ってください」

薪屋さんでそう声をかけると、店のおじさんが出てくる。

「十束？　そんなに？」

「大丈夫です。持てますよ？」

心配してくれているのかな？

「いや、そうじゃなくて、最近は薪になる木材が不足していてね。できれば三束までにしてもらえないかな？」

「そうなんですか？　わかりました」

「悪いね、お嬢ちゃん」

お嬢ちゃん？

あ、そうだった、僕は今、女装しているんだった。

声も変声のチョーカーを使っている。

どうりでさっきから周囲の視線が集まっているはずだ。

僕はお店の人に薪の代金を支払い――かなりおまけしてもらった――薪を持って店に戻る。

店の裏から入ろうとすると、その前にナイガラさんと会った。

「ナイガラさん、すみません。薪不足で三束しか買えませんでした」

「そうなのか……まぁ、別に構わないが。ああ、そうだ。ずっとうちで働かないか？」

「もう、ナイガラさん。からかわないでくださいよ」

「いやいや、俺は本気だぞ？　化粧したらさらに可愛くなったしな」

冗談だと思いたいんだけど、でも、知らない間にファンクラブが出来上がっていて、親衛隊なんてものもできちゃったんだよね。

そのせいで、僕のお尻を触ろうとしたお客様が親衛隊の人に連れていかれるって問題とかが起きている。でも、お店の売り上げは三倍に増えたらしい。

「そうだ、お前にお客様が来ているぞ」

「ええと、サインの希望者ですか？」

「いいや、ユーラという美男子だな。ギルドの外で待ってもらっているからな」

「ユーラさんが？」

ユーラさんには僕がここで働いているって教えてあるけど、どうしたんだろう。

「ああ。もうお昼も過ぎてるし、休んでいいぞ」

「え？　いいんですか？」

「うん。というより、『クルミちゃん』が店に出たら従業員の休憩時間が取れないからな」

「………？　あ、そういうことですか」

どうやらお客さんが入りすぎるのも問題みたいだ。

僕はナイガラさんに頭を下げ、ユーラさんが待っているという場所に向かった。

冒険者ギルドの表に出たところで、人だかりを見つける。

女性に囲まれているユーラさんだ。

……凄い、ユーラさんってモテるんだな。

同じ男として、嫉妬すら起こらないよ。

だって、ユーラさん、男の僕が見ても惚れてしまいそうになるくらいカッコいいし。

遠くから見ていると、ユーラさんが僕に気付いた。

「クルミっ！」

ユーラさんが僕にそう声をかけると、彼を取り囲んでいた女性達の視線が僕に集まった。

睨み付けられて、恐怖を感じてしまう。

でも、数秒僕を見た彼女達は、まるで何かを諦めたかのようにその場を去っていった。

「ユーラさん、モテるんですね」

「あぁ、まぁそのようだな」

ユーラさんはどこか複雑そうな表情を浮かべていた。

「でも、それを言うならクルミのほうがモテるんじゃないか？　店主に聞いたぞ。ファンクラブや親衛隊までいるそうじゃないか。酒場の店主に、『ファンの人間に刺されないように気をつけろ』

と言われたよ」

「ははは……」

本当は男だって知られちゃったら、こっちが刺されちゃうんじゃないかな。

「ところで、ユーラさん。今日はどうなさったんですか？」

「どうって、武道大会の予選が明日から始まるから、クルミの装備を調達しようと思ってね。さすがにその姿で出るわけじゃないだろ？」

「え？　この服で出ますよ？」

「……はい？」

ユーラさんが信じられない、という感じで尋ねた。

あぁ、そうか。ユーラさん、気付いていないんだ。

「大丈夫ですよ、この服は昨日、戦闘用に変えましたから」

「戦闘用？」

「はい、戦闘用です。だから大丈夫です」

僕がそう言うと、ユーラさんは考え込むように言った。

「……まぁ、靴下《くつした》は長いし、動きやすそうな靴だし、下手に鎧とか着ないほうがいいかもしれないね。予選での武器は大会本部から支給されるから、それ以外は使えないし」

中性的な声でぶつぶつと呟くユーラさんの横顔を見て、僕は違和感を覚えた。

アルファポリスの人気作品を一挙紹介!

あれ？　この考えこむユーラさんの横顔、誰かに似ているような気がするんだけど。

……いったい誰だろ？

気のせい……かな？

「それじゃあ明日の打ち合わせだけでいいか」

「はい――」

僕達は大会要項に記載された、証明部位のポイント点を見る。

明日の大会、一番の狙い目はなんだろうか？

「オーガの角とかポイント高いですね。あ、あとトレントの指枝とか」

トレントキングの指枝なんて三万ポイントもあるんだ。

「トレントは襲ってこない限り普通の木と見分けがつかないし、オーガは群れでの活動をしないから高ポイントは狙えないだろうな。狙うなら、やはり群れで行動するワーウルフがいいな。討伐証明部位も牙だけだから、一度に多く持ち運べるし」

「あぁ……それなら僕はあまりお役に立てませんね」

討伐対象にはシルバーゴーレムもいるから、それを狙えば僕なら核を掘り出せる。でも、シルバーゴーレムってとっても脆いのになぜかポイントが高いから、きっとみんなが狙ってことで、候補に挙げなかったんだろうな。狙う人が少ない強敵に目を付けるユーラさんはさすがだ。

「気にするな。クルミが参加してくれるだけでこっちは助かっているからね」

ユーラさんは白い歯を見せて僕にそう笑いかけた。

なんでだろう？　男の人に口説《くど》かれるようなことを言われると悪寒が走るんだけど、ユーラさんだとなぜか安心してしまう。


そして、話し合いは進み、明日に備えて今日は早く寝ることにした。

いよいよ、武道大会が始まる。

◇◆◇◆◇

「リーゼさん、朝ごはんができましたよ」

大会当日の朝もこれまでの数日と同様、クルト様は私のために、そう、私のためだけに食事を作ってくださいました。

一応、ユライルさんとカカロアさんの分も作っていらっしゃいますが、二人は私が雇っているようなものなので、つまり彼女達の食事を作るのも私のためということです。

一緒に食事を終えると、クルト様は席を立ちました。

「それでは、行ってきますね、リーゼさん」

「いってらっしゃいませ、クルト様」

私はそう言って、クルト様に鞄を手渡しました。

「ありがとうございます。今日は遅くなると思いますので、夕食は宿でお願いします」

笑顔で出て行くクルト様を私は見送りました。

しかし……本音で言えば見送りたくありません。このまま一緒に行きたい。

カカロアさんから、クルト様に関する報告を受けています。

なんでも、クルト様は現在、クルミと名乗り、女装して給仕として仕事をなさっているとか。そして私達には言っていませんが、その恰好で武道大会に参加されるそうです。

そんなの……そんなの……

「絶対に似合うに決まっています！」

想像するだけで鼻血がドバドバと出てしまいました。

あぁ、もうダメ、クルト様のメイド姿とか、なんてすばらしいのでしょうか？

王女から転職するとしたらクルト様専用のメイド一択だと思っていた私が、クルト様のメイド姿を想像して悶絶《もんぜつ》するとは思いもしませんでした。

一通り悶えたところで、私はカカロアさんに問いました。

「それで、そのユーラという男性の情報はわかりましたか？」

「すみません、情報は何も。何度か尾行しようとしたのですが、しばらくすると必ず見失ってしまうのです」

「またですか。ここまで続くと偶然ではなく、尾行に気付かれていると考えたほうがよさそうですね」

カカロアさんとユライルさんには、クルト様の監視をしてもらっています。

彼女達はファントムの中でも指折りの隠形《おんぎょう》の達人です。

その二人が気付かれるなんて、ユーラという男性の実力はユーリシアさん並み、もしくはそれ以上ということでしょうか。

まったく、なぜクルト様は武道大会に出場することにしたのでしょう？

直接クルト様に聞きたいのですけれど、クルト様が黙っている以上、私がでしゃばるわけにもいきません。

そんなことを考えていると、カカロアさんは報告を続けてくれます。

「ただ、女性からの評判はいいようです。あと、お年寄りにとても優しいですね。大きな荷物を持っているお婆さんを見つけたら荷物を持ってあげたり、迷子がいたら親を捜してあげたりしていました」

「なんですか、その絵に書いたような好青年は――っ!?　そこまでくると逆に怪しいですね」

「ええ、体術も優れていますね。試しにその辺のごろつきを雇って絡ませたのですけれど、制圧術により、全員行動不能にさせられました。あと、倒される時、何かいい香りがしたそうです」

「そこまで完璧でしたら、同性なら絶対に友達にしたくない相手ですね。きっと、女性にいいところを見せようとそんな親切なことをしているんでしょう。男性なのに香水を着けているのも気に入りません」

「クルト様も困っている人がいたら必ず助けますし、いい匂いもしますよね？」

「黙りなさい」

カカロアさんの指摘を私は拒絶します。

クルト様が親切なのは裏表なく本心からですし、いい香りがするのは石鹸です。

私やユーリシアさんも同じものを使っていて、香水などの不愉快なものは含まれていません。

「そもそも、男性の香水というのは、体臭を消すためのものなのです。そのユーラという男は、きっと体臭が酷いに違いありません」

「凄い偏見ですね……姫様は男性でも嫉妬の対象なのですか？」

「嫉妬ではありません。ただ、女装しているクルト様と四六時中行動できるということで、殺意があるだけです」

「憎悪《ぞうお》とかそういうレベルですらないのですね」

カカロアさんがため息をつきます。

「では、カカロアさん、あとは頼みましたよ。私は予選中はＶＩＰルームで大人しくしていますから」

「はい……あ、それとチッチさんですが」

「チッチさん?」

はて、そんな人いましたかしら?

と思って、気付きました。

そうそう、彼女も参加しているのでしたね。

すっかり忘れていました。

「彼女がどうかしたのですか?」

「武道大会の名簿を入手したのですが、参加していないのです」

「え?」

どのように名簿を入手したのかは聞かず、私は名簿の紙束を受け取りました。

クルト様の偽名であるクルミという名前は一秒で見つかったのですけれど、五分かけて探しても
チッチの名前はどこにもありません。

偽名でも使っているのでしょうか?

いえ、むしろチッチという名前のほうが偽名だったという可能性もありますね。

まぁ、どうでもいいでしょう。

やはり問題はクルト様のほうです。

予選は魔物退治。

参加者同士の殺し合いは厳禁というルールはありますが、当然魔物には関係ない話。

そのため、ほぼ毎年数名の死者が出ています。

自分の実力を過大評価して、一発逆転狙いで危険な魔物を相手にする参加者がいるからでしょう。

ユーラさんの実力が確かならクルト様に危害が及ぶことはないはずですが、いざという時は参加者として忍び込んでいるユライルさん達が助けに入る手筈《てはず》になっています。

「さて、私は私の仕事をするとしましょう」

私は決意を込め、席を立ちました。

◇◆◇◆◇

武道大会の予選会がいよいよ始まる。

ゴルノヴァさんに会えないかと思って周囲を見回したけれど、全く見当たらない。

「クルミちゃん、応援してるよっ！」

「クルミちゃん、頑張ってーっ！」

それどころか僕のファンの人ばっかりだった。いつの間にこんなに増えたんだろう？　他にも可愛い女の子はいっぱいいると思うのに。

それに、チッチさんも見当たらない。まぁ、チッチさんと会わなかったのはよかったかな。今の僕の姿、絶対に見せたくないから。

もう少しゴルノヴァさんを探していたいけれど、ユーラさんとの待ち合わせに遅れるわけにはいかないので、集合場所に向かった。

待ち合わせ場所の戦士の像の前で、ユーラさんはすぐに見つかった。

「来たな、クルミ」

ユーラさんも僕をすぐに見つけたようで、微笑を浮かべてそう言った。

「すみません、お待たせしました。あの、知り合いを探していて」

「いや、約束の時間までまだ余裕があるから気にするな。それで、見つかったのか？」

「いいえ、いませんでした。まだ来ていないのか、ユーラさんの言うように決勝までシードで進んでいるのかもしれません。強い人なので」

ゴルノヴァさんもチッチさんも本当に強いからな。

とっても弱い僕と比べるのはおこがましいけど、僕がミスリルゴーレムだとしたら、二人はオーガくらいに強い。

「そうか。それなら、予選は負けられないな」

「はいっ！」

「それでは、武器を選びに行こう」

ユーラさんに言われ、僕達は武器貸与場に向かった。

武道大会では持ち込みの武器を使うことはできず、借りる必要がある。

武器の種類はとても多く、変わったものだと、三つの棒を鎖で連結させた三節棍《さんせつこん》なんてものもあるそうだ。

貸与されるものはほぼ全て鋳造品のため、隠れた名刀などもなく、早く武器を選ぶ人が得をするということはない。

それでも、武器を研《と》いだり慣れたりするための訓練が必要なので、武器貸与場は混み合っていた。

ちなみに、武器は二種類まで持つことができる。

「ユーラさんはどんな武器を使うんですか」

「私は剣を使うつもりだ。補助武器として短剣も借りる。クルミは弓矢や投石紐《ひも》は使えるか？」

「はい、扱えます！」

「ほう、それは後方支援に期待できるな。それなら弓矢にしてもらおうか」

「でも、狙った魔物に当たったことがありません」

「それは扱えると言わないぞ。弓矢は絶対に扱うな」

やっぱりダメか。

木に生《な》っているリンゴとかなら、弓矢で百発百中で射落とせるんだけど、動く魔物相手だとどうしてもうまいこといかないんだよね。

「短剣などはどうだ？　魔物の解体を補助してもらいたい」

「あ、短剣なら使えます！　普段、毎日料理していますから」

「そういえば、クルミは酒場で働いていたんだな。料理と解体は全然違うけれど、手伝ってもらおう」

一番使い慣れているし、短剣なら迷惑をかけることもないだろう。

と、使う武器が決まったところで、僕達もようやく貸与場に入ることができた。

やっぱり一番人気は剣みたいだ。剣は種類も多いし、扱いやすいからな。

それに比べて短剣は空いていた。

「クルミ、私は剣を取ってくるから、短剣を二本選んで部屋の外で待っていてくれ」

「わかりました」

ユーラさんが剣を取りに人混みの中に入ったので、僕は言われた通り短剣を取りに向かった。

短剣の置き場は空いていたので、すぐに鉄の短剣二本を手にすることができた。

そして、ユーラさんを待とうと思ったんだけど――

「あ、これ――」

僕はその武器を手に取った。


ユーラさんが戻ってきた。

「クルミ、短剣は手に――って、何を背負っているんだ?」

「はい、大斧です」

「見ればわかる。なんでクルミが大斧を持っているのかと思ってな」

「魔物の角とか、これで折れるかと思いまして。扱い慣れていますし」

伐採作業とかする時、大斧ってとても便利なんだ。手斧よりも短時間で木を切り倒せるから。

「重くないか？」

「とっても軽いですよ」

僕がそう言うと、ユーラさんが一度斧を持たせてくれと言ってきたので、快《こころよ》く渡す。

ユーラさんはその大斧を持って、額に汗を浮かべた。

「クルミ、本当に重くないのか？」

「はい、ほら」

僕はユーラさんが持っていた大斧を受け取ると、上下に動かした。

とても大きいけど、三十キロくらいしかない。

これなら十分持ち歩ける。

「嘘だろ、あの子大斧を軽々持ってるぞ」

「あんな可愛い顔してるのに、親はオーガか？」

「ギャップ萌《も》えだなぁ」

なんて声が周囲から聞こえてきた。

「あの……もしかして武道大会で大斧ってやっぱりダメでした？」

「い、いや。うん、重くないならいいんだが……人は見かけによらないことを知っていたつもりだが、驚かされる。あの子と出会っていなかったら開いた口が塞がらなかっただろうな」

「あの子？　あの子って誰ですか？」

「私にとってとても大切な人だよ」

ユーラさんは遠い目をしてそう言った。

「……ああそうだ。今回の会場は山だから、防具のほうは今のままでよさそうだね」

「今回は、ですか？」

僕が首を傾げると、ユーラさんは頷く。

「会場は毎年、山と海で入れ替わるんだよ。去年は海、今年は山、って感じでね」

「へぇ。ユーラさんはどっちがよかったんですか？」

「そうだね、わた――俺は今年が山でよかったと思ってるよ。海だとどうしても、水の中に入る必要があるだろうからね……化粧が落ちてしまう」

ぼそっと、ユーラさんが化粧がどうのこうのと言った。

そういえば、ユーラさんって男の人には珍しくお化粧をしているんだよね。

やっぱりできる男の人は全然違うな。まぁ、化粧をしているのは僕も同じなんだけど……全然違う理由で。

「クルミはどっちがよかったんだ？」

「そうですね、僕も水着に着替えるのは恥ずかしいですし」

水着になったら男だってバレちゃうから。

「山でよかったです」

僕がそう言って笑うと、周囲から、

「「「海がよかった……」」」

と、複数の男の人の声がした。

え？　海のほうが人気なのかな？

しかも男の人ばかりが、僕のほうを見ている気がするけど……？

「「「海がよかった……」」」

あ、うん、気のせいだった。

女の人もこちらを見ていたから。男の人だけじゃなかったよ。

なぜかユーラさんのほうを見ている気がするけれど、やっぱり気のせいだよね？

「クルミ、もし今年が海だったとしても、遊びじゃないんだから水着には着替えないぞ。鎧のまま入る連中も多いし」

「あ、そうでしたね。じゃあ海になってもこの恰好のままでいます」

僕は安心して息をつく。

「「「ちっ」」」

なんか、露骨に舌打ちされた気がしたけれど、やっぱり気のせいだよね？

「ところで、なんで武道大会で魔物退治なんですか？」

「ああ、この島には山と海、二カ所にダンジョンがあるんだ。冒険者や戦士達の修業の場になっているし、ダンジョンに出る魔物の素材で、かなり儲《もう》かっているらしい。ただ、ダンジョンの魔物が湧く速度が速いらしく、二年に一度、大掛かりな討伐を行わないといけない。そのため、どうせならイベントにしてしまおうと魔物退治になったんだ。ダンジョンの底に冒険者が向かい、魔物が嫌がる香を焚《た》くことで魔物がダンジョンの周囲に出てくる。それを大会参加者が討伐するわけだな。冒険者ギルドから支払われる討伐報酬は、全て武道大会の上位入賞者の賞金となる。優勝すれば金貨五百枚——一生遊んで暮らせる額だ。準優勝でも金貨百枚だしな」

ちなみに、四位入賞で金貨三十枚、八位入賞で金貨十枚らしい。

でも、それらは全て副賞といっても差し支えがなく、本当の賞品は栄誉だという。

なんでも、決勝トーナメントに出場しただけでも、Aランク冒険者に相当すると見なされるんだとか。まぁ、世界中から参加者の集まる大会の上位十六組——三十二人のうちの一人だと言われたらそうなのだろう。

さらに、優勝者はこの国の貴族になれるそうだ。

「だが、そういうメリットがある分、なりふり構わずに決勝に進もうとする奴も現れる。油断するんじゃないぞ」

「わ、わかりました」

そうだよね、世の中には悪い人がいっぱいいるって聞いたことがある。

僕がこれまで出会ってきた人はみんないい人ばかりだったから、うっかり忘れかけてたよ。

でも、これって本当は凄く幸運なことなんだよね？

リーゼさんに呪いをかけた人もいるしね……僕なんかで解呪できるような、軽い呪いだったけれど。

とりあえず、予選会の開始まで時間があるので、僕達は武器の手入れをすることにした。

「クルミの短剣もわた――俺が研《と》いでやろうか？」

「大丈夫ですよ。武器の手入れは慣れていますから」

「そうだったな、レストランで働いていたら包丁を研ぐこともあるだろう」

ユーラさんが朗《ほが》らかな笑みを浮かべた。

包丁じゃなくて、剣とか矢とかの手入れもしているんだけど。

「ユーラさんの武器も僕が研ぎましょうか？」

「いや、大丈夫だ。俺は自分の砥石《といし》を持ってきているから、それでやっておくよ……ああ、ちょっと外してもいいか？」

「そうなんですか、さすがです！　では、僕はちょっと研いできます。ゆっくりしていてください！」

僕は小走りで武器の手入れをできる場所に向かった。

多くの人が剣を手入れしていたので、僕も会場が用意してくれた砥石でささっと済ませてしまおう。

ささっと――

「よし、終わった」

僕はそう言って斧を背負い直し、短剣を鞘に納めた。

「終わったって、お嬢ちゃん。本当に五秒も研いでいないじゃないか。そんなんじゃ何も変わらないよ」

そんな僕を見ていた剣士のお兄さんが声をかけてきた。

「どうだい？　よかったら手伝ってあげようか？」

「大丈夫ですよ。もう終わりましたから。あまりやりすぎると刃が弱くなっちゃうので」

「それでも限度があるよ。そんなんじゃ何も斬れないよ」

「大丈夫ですよ――あの、これ貰っていいですか？」

僕は受付の前に置かれた、おそらく廃棄《はいき》予定であろう砥石を見つけると、受付のお姉さんから譲ってもらう。

僕は貰った砥石を放り投げて、落ちてくるまでの間に、短剣で何度も斬った。

そして――

「はい、斬れてるでしょ？」

僕はお兄さんに、薔薇《ばら》の花の形に加工された砥石を手渡した。

「……斬れて……ます……ってえ？　え？　えぇぇぇぇぇっ!?」

お兄さんは大きな声を上げると、僕と薔薇の形になった砥石を何度も見比べたのだった。

◇　◆　◇　◆　◇

クルミが武器の手入れをしている間、私、ユーリシアは一人、個室の休憩所で休んでいた。

「……あぁ、もう。男装がこんなに疲れるだなんて」

首の絞めつけが辛いので、変声の魔道具も外している。

そのため、普段の私の声だった。

久しぶりに発せられる自分の声が愚痴《ぐち》だというのは、我ながら情けないと思う。

辛いことは主に三つ。

一つ目はとにかく胸が苦しい。包帯を巻いているだけでなく、鎧を着て押さえつけているから、なおのこと苦しいのだ。

しかも、こればかりは休憩の時に解放することもできない。包帯で無理やり巻き付けるのに数十分かかってしまう上に、その包帯がそろそろ切れてしまいそうなのだ。

やはり無理をしてでも、きちんとしたものを入手するべきだったと後悔している。

二つ目は、どういうわけか女性達にやたらと声をかけられるということだ。

金属鏡で自分の姿を見ても、たしかにその辺の男よりは格好いいと思う……私の好みとは全然違うけど。しかし、出会っていきなり声をかけてくるなんて。

もう女全員がリーゼに見えてくる。女性でありながら、女性恐怖症になりそうだ。

そして最後。これが一番大きいのだが、あのクルミという少女に嘘をついているというのが非常に辛い。

クルミの目的は、決勝戦に出場している（かもしれない）知り合いに出会うことだという。

あの純真でとてもいい子に嘘をつく――それはまるで、クルトやアクリを騙しているような罪悪感を覚える。

「…………っ！」

と、私は何者かの気配を敏感に感じ取り、変声の魔道具を着けて外に出た。

気配のした方向に視線を向けるも、すでに私に勘付かれたことに気付いたのか、もういなくなっていた。

凄い実力者だ。ファントムレベルか……とすると、相手は――ローレッタ姉さんの配下の可能性が高いか。

いなくなった私を探しているのだろうか？

もしもユーラがユーリシア本人だと知られたら、間違いなく予選に参加する前に止めに入るはずだから、まだバレてはいないと思うけど。

剣術の型とか一人称とかボロを出さないようにすれば、なんとかなると思う。

こんなことになるなら、最初から一人称を「私」にすればよかったのに……と後悔しそうになった。しかし「私」と口にしたら、ついつい普段の口調で話してしまいそうになるから、やっぱりこれでよかったと思い直す。

とにかく、目立たないようにしよう、目立たないように。

一緒に戦うパートナーがクルミのような美少女な時点で、もう手遅れな気がするけれど。

さて、そろそろ予選も始まるし、選手達も開会式の会場に集まっているだろう。

そう思ったのだが、なぜか多くの参加者が一カ所に固まっているのを見つけた。

なんだ？　喧嘩だろうか？

大会が始まる直前は、たいてい参加者同士の喧嘩が始まり、その周囲にギャラリーが出来上がる。

そんなつまらないものよりもクルミを探さないと——と思ったけれど、クルミと待ち合わせをしている約束の場所というのが、ちょうどその人混みの中だった。

もしかして、クルミが絡まれているのではないか？

「いいぞ、クルミちゃんっ！」

観客の中心から響くその声援が、私の中にあった一抹《いちまつ》の不安を爆発させた。

「クルミっ⁉　ちょ、通してくれっ！」

私は人混みの中に突入していく。

そして、私が見たのは――

「いくよ、クルミちゃん！」

「はい、どうぞっ！」

一人の男が木片を投げ、クルミが短剣でその木片を空中で、それも目にも留《と》まらぬ早業《はやわざ》で斬っていく作業風景だった。

って、本当になんて速いんだ。私にも見えないぞ。

そして次の瞬間には、木片が綺麗な花飾りに代わっていた。

「すごいぞ、クルミちゃん！」

「やっぱり天才だっ！」

「可愛いぞ、結婚してくれっ！」

観客から大絶賛が巻き上がった。一人、クルミにプロポーズしていた男は周囲の人間に連れていかれ、何やら悲鳴が耳に届いたような気がするが聞かなかったことにする。

そして、観客達はクルミの前に置かれた木箱に貨幣を投げ入れた。

さすがに金貨は入っていないが、銀貨も多く、かなりの額になっている。

「あ、ユーラさん！」

「……クルミ、何をしているんだ？」

「はい、ちょっとユーラさんが来るまで、このサーギさんとお仕事を。大会前の皆さんは緊張してイライラしているから、僕が花を作って皆さんを和ませてほしいって声をかけてくださったんです」

「そうか――それでこのお金は？」

「全て孤児院に寄付するそうです」

孤児院に……ね。

私はクルミの横にいた、サーギという男をじろりと睨む。

サーギは露骨《ろこつ》に私から顔を背けた。

やはり寄付というのは嘘で、金を懐に入れるつもりか。

「そうか。それならこのお金は大会本部に渡しておこう」

「なっ、ちょっと待て――」

「問題ないだろう？　大会で出た利益金の一部は元々、この島の孤児院に寄付されることになっている。そこに上乗せしてもらうだけだ。難しい話じゃないだろ？」

私はそう言って、金の入った箱を持ち、クルミの手を引いて大会本部へと向かった。

その途中で、クルミに問いかける。

「クルミ、本当はかなりの実力者なのか？」

「そうですね、簡単な木彫《きぼ》り細工はちょっと得意です」

「簡単なって……あの短剣の動き、普通じゃないぞ？」

「そうですか？　流れ作業の場合、一人が木片を投げて、一人が短剣で細工を施すのはよくある話だと思いますよ？」

「よくある話って、お前な。そんなよくある話――ん？」

待て、今クルミはなんと言った？

よくある話？

この既知感は……もしかしてクルミの正体って。

「あ、ユーラさん」

クルミはにっこりと微笑み、さっき作った木彫り細工を私に渡した。

短剣と木片が交わったのは約一秒。

クルトが工房のところどころに施している細工に比べれば雑に見えるが、しかしこれだけ見れば十分に上等なものだとわかる。

「男性に花というのもどうかと思うんですけど、僕からのプレゼントです」

「あ……あぁ……ありがとう」

私はその花を受け取りながらも考えてしまう。

まさか——まさかクルミの正体は？

私の中でとある疑心が深まりつつも、開会式が始まった。

正面の宣言台には、兜《かぶと》だけ外したフルプレートアーマーの金髪で顔が濃い男と、同じく兜だけ外しているフルプレートアーマーを着た紫色のアイラインをしている女が上がっている。持っている武器は、それぞれ大剣と長剣だ。

去年優勝したペア「オーガバイト」の二人、チャンプとイオンである。

一流の冒険者コンビでありながら、冒険者としてだけでなく、仲のいい夫婦としても世界各地で講演を行っている。

ちなみに、二人は今大会でシード権を与えられていて、今年も間違いなく優勝候補の一角だ。

このチームが優勝しても、既婚者のチャンプと私が結婚することは、普通に考えればないのだけれども……ローレッタ姉さんにかかれば、仲のいい夫婦を離婚させることくらいお手の物だろう。

ましてや、あのチャンプの女癖《おんなぐせ》の悪さは裏ではかなり知れ渡っているので、間違いなく結婚させられる。

「……………カッコいいですねぇ」

開会式の宣言をする二人を見て、顔を赤くしたクルミが呟くように言った。

クルミはああいう冒険者が好みなのかな？

まぁ、見た目や功績だけなら、吟遊詩人《ぎんゆうしじん》の英雄譚《えいゆうたん》に出てくる冒険者そのものだからな。

んー、この子は意外とミーハーなのだろうか？

「バスターソードって憧れます」

違った、剣フェチだったみたいだ。

体がすっぽり隠れてしまいそうなくらいに大きな斧を背負うことができるなら、大剣くらい扱えても——あぁ、低身長のクルミが扱えば引きずってしまうだろう。

そんなクルミも可愛いだろうな。

って、私は何を考えているんだ、これから予選が始まるというのに。

自身の頬を叩いて気を引き締めなおす。

「ユーラさんも開会式の宣言を聞いて気が引き締まったんですね。いい話でしたからね」

クルミがあるかどうかもわからない小さな胸の前に拳を作った。

「え？　あ、あぁ、そうだ」

正直、宣言なんてまったく聞いていなかった。壇上からオーガバイトの二人がいなくなっていたのにも今気付いた。

どんな話をしていたのだろうか。

まぁどうせ、『ケピオスの弓』の話とか『ラナトーナのゴブリン』の話とか、開会宣言でありきたりなやつだろう。

「僕、大きくなったら毎日猫の髭《ひげ》を手入れしようって思いました。ユーラさんくらいの冒険者ならやっぱり紅茶に塩を入れて一口も飲まないんですよね？」

……いったい、どんな開会宣言だったんだ？

聞いてなかったことを後悔しそうになったけれど、やはり聞かなくてよかったとも思った。

そんな開会式も終わり、私達はスタート地点に向かう。

その途中——私はクルミを呼び止めた。

「クルミ、聞きたいことがあるんだが」

「なんですか？　ユーラさん」

笑みを浮かべるクルミの顔を、私は見た。

「クルミ、正直に答えてくれ。お前は人にはない特別な力を持っていたりしないか？」

「特別な力ですか？　いいえ、そんなもの持っていません」

「本当か？　絶対にないと神に誓《ちか》えるか？」

「はい。神に誓って。料理とか掃除とか得意なことはいくつかありますけれど、それでも他人に自慢できるような能力はあまりありません」

私はクルミの目をじっと見つめてから、首を横に振った。

「悪いな、変なことを言ってしまって」

私はクルミに謝罪した。

あはは、やはりどうかしている。

クルミが実はクルトではないか？　なんて思ってしまった。

あいつは現在、すでに自分の能力が異能の力だと確信しているはずだ。

クルトに会いたいと思う私の願望が、クルミがクルトだなんて願望を生み出したのだろう。

しかし、クルミはクルトではない。

クルトはこんなにまっすぐな目で嘘をつけるような子じゃないからね。

それなら、答えは一つだ。

「クルミ、もしかしてお前の出身地はハスト村って村じゃないか？」

「はい、そうです。え？　なんでわかったんですか？」

「お前とよく似た子を知っているんだ。ふふっ、その話は武道大会が終わってから、ゆっくりさせてもらうよ」

私は驚くクルミに言った。

やはり、クルミはハスト村の住民だったか。

クルトの話通り、ハスト村の人間は異能揃いだな。

会場に着いてしばらく待つと、予選が始まった。同時に多くの参加者が山の中に入っていく。

魔物の数には当然、限りがある。

町の近くに出る魔物はポイントが低いが、それでも数を仕留めれば決勝トーナメントに出場できる可能性があるから、実力のない者程必死だ。

クルミのことを考えると、私もこのあたりで魔物を倒したほうがいいのだろうけれど、これだけ人が多いと彼女とはぐれてしまう恐れがある。

そのため、私達は、山の奥へと入っていった。

それから一時間も経とうかという時。徘徊《はいかい》しているゴブリンを見つけた私が短剣を投げると、ゴブリンの眉間《みけん》に命中——絶命しただろう。

私はそのまま近寄って刺さった短剣を抜き、右耳を切り取った。残りの死体はその場に捨て置く。

「凄いです！　ゴブリンを一瞬にして倒すなんて！」

クルミはお世辞ではなく、心底私のことを褒めている様子だ。

大したことではなくても、まるで竜を倒したかのように褒めちぎる——こういうところもクルトにそっくりだ。

ゴブリンなんてダース単位で出てきても倒せる私にとって、この程度は朝飯前なのだけれども。

「しかし、思ったより厄介かもしれないな——」

「どうしてですか？　ユーラさん、強いですよ」

「そう言ってくれるのは嬉しいんだが、倒すべき魔物が見つからないんだ」

一時間歩き回って見つけたのはゴブリン一匹。他の参加者には七回くらい遭遇《そうぐう》したのに。

いくら魔物を倒す腕を持っていたとしても、魔物がいないのではポイントを稼ぐことができない。

「そういえば、おかしいですよね。魔物はダンジョンから燻《いぶ》し出されるからいっぱいいるって聞いていたんですけど」

「ああ、そのはずなのだが――もしかしたら魔物はどこかに隠れているのかもしれないな」

「隠れている？」

クルミの鸚鵡返《おうむがえ》しに、私は頷く。

そうとしか考えられない。

しかし、過去に開かれた大会では、このように魔物が大勢隠れる場所なんてなかったはずだ。

かつては存在せず、今は隠れることができる場所。

それはどこに？

「胴長犬《どうながけん》しか思い浮かばないですね」

考え込んでいると、クルミがそう呟いた。

「胴長犬？」

胴長犬といえば、二年程前、多くの国でブームになった愛玩《あいがん》動物のことだ。その名の通り胴が長く足の短い可愛らしい犬である。

「その犬がどう関係あるんだ？」

「胴長犬の手足が短いのは、穴を掘って地下水を掘り当てるためなんです。この山は地形的に地下水脈のあたりが天然の洞窟になっているので、魔物達はその穴から地下空洞に逃げたのかもしれません」

「なるほど――でもそれは間違いだと思うぞ？　胴長犬の生息地域は主に岩山だから、このあたりにはいないはずだ」

「そうですね、僕もそう思います」

間違いをすぐに認めた？

その潔《いさぎよ》さに、逆に私は考えてしまった。

間違えているのは私なのではないかと。

そして、気付いた。

「穴を掘ったのは野生の胴長犬ではない。捨てられたのか、それとも逃げ出したのかは知らないが、元愛玩犬だろう。それなら、以前はなかった穴が急に現れたことにも説明がつく。でもクルミ、胴長犬が魔物の逃げ道を作った犯人だと思うのは、それだけが理由なのか？」

「それだけじゃありません。この茂みの実です」

クルミは、小さな実の生《な》った茂みを指さした。

「この木、下のほうの実だけ食べられているんです。これを食べたのはあまり大きな動物じゃないということですよね？　その周りにある足跡の大きさとか考えると、胴長犬がいる可能性が高いです――あ、ここに毛がありましたよ」

クルミはそう言って黒く短い毛を拾い上げた。

「この毛、犬の毛みたいですけど……ここ、染料があります。犬用の毛染め剤で染めていたみたいです。やっぱり最近まで飼われていた愛玩犬のものですね」

クルミの推理《すいり》を聞き、私は鳥肌が立った。

いったいどんな観察眼をしているんだ、この子は。

私だってそれなりに名の知れた冒険者だ、魔物の痕跡を見逃したりはしない。

しかし、こいつは次元が違う。

いるかどうかもわからない愛玩動物の行動まで把握し、推理を組み立てている。

ハスト村の人間はみんな化け物だね……もちろん、いい意味で。

「クルミ、その胴長犬の巣穴の場所はわかるかい？」

「正確にはわかりませんが、山の形から地下水脈と空洞の位置を推測し、そこから候補地を絞り込むことはできます。一番近いのはこっちです」

クルミの案内のもと、私は穴があると思われる場所に向かった。

果たして、それはあった。

しかし――

「これが胴長犬の掘った穴……なのか？」

その穴は、人間が十分通れるくらいに広がっていた。

どうしてこんな大きな穴が開いているのか？

その答えは、クルミでなくても容易に想像できる。

胴長犬が掘った穴を、魔物が無理やり通ったことで穴が広がったのだろう。

つまり、クルミの推測が正解だったということになる。

それともう一つ。

「気をつけろ、クルミ。どうやらここを見つけたのは俺達だけではないらしい」

穴の入り口に複数の人間の足跡を見つけた。

洞窟がどれだけ広いかはわからないけれど、敵は魔物だけではない。気を付けないといけないね。

洞窟の中は明るく、まるで外にいるかのようだった。

しかし、光が入り込んでいるわけではないし、ヒカリゴケを撒《ま》いた時のように壁が光っているわけでもない。

原因がわからないけれど、便利だからいいかって思ってしまう。

「ユーラさん、このマスクをつけてください」

クルミが私に顔下半分を覆うマスクを手渡した。鼻と口がすっぽり隠れる。

「毒ガスを防ぐマスクです」

「毒ガス？　あぁ——なるほど」

たしかに、こういう人の出入りの少ない洞窟は、鉱山同様に毒ガスが溜《た》まっている可能性があるだろう。

警戒するに越したことはない。

マスクの類《たぐい》は息が苦しくなるのであまり好きではないが、その心配はない——ほら、やっぱりだ。クルミが用意したマスクは、つけてみても全然苦しくならなかった。それどころか、呼吸をするたびに体内の空気が綺麗になっていくような気分になる。

これはガスマスクとしてではなく、リラックスマスクとして紹介するべきではないだろうか？ アイマスクも一緒に使えば立ったままでも眠ることができそうだ。

「クルミ、こんなものをいつの間に作ったんだ？ 木と布でできているが——」

「はい、ユーラさんが洞窟の入り口に他の冒険者が仕掛けた罠がないかどうか調べている間に」

「あぁ、そうか」

どうやって布を用意したのか？ なんて聞くのは野暮《やぼ》だ。どうせ、そのあたりに自生している綿《めん》か麻で布を作ったのだろう。毒消し効果があるのは、同じくそのあたりに生えている草を適当に組み合わせたからに違いない。

しかし、このマスクに使われている木枠は私の顔に一致するように作られている。目測だけでここまでのマスクを作れるのは、私はクルト以外に知らない。

本当にどうなっているのだ、ハスト村の人間というのは。

「では、行きましょうか」

クルミがそう言って一歩前に出た。

「待て、クルミ」

「え？」

私が止めたが遅かった。天井から何かが落ちてきて、クルミの顔を呑み込む。

「クルミっ！　な、なんで――」

もがき苦しむクルミを見て、私は頭が痛くなった。

そして、私は手でそれを剥がす。

「なんで、スライムどころか、子供が拾って洗っておやつにするようなベビースライムに逆に食べられそうになっているんだ？」

私はそう言って赤ん坊のスライム――ベビースライムをクルミから引っぺがしてナイフで殺そうとしたのだが……

「ユーラさん、お願いです。そのスライムは殺さないでください」

さっきまでスライムに食われそうになっていたのに、クルミは顔を押さえて、そんな優しいことを言った。

まぁ、ベビースライムみたいな無害な魔物、殺す必要はない。

クルミがそう言うので、私はベビースライムをその辺に放り投げた。

「うぅ、化粧が落ちちゃった」

「なんだ、クルミ、化粧していたのか？　化粧がなくても可愛いじゃないか。むしろ私はそっちの顔のほうが好きだ……ぞ？」

ん？　なんだ、クルミのこの顔。

クルトにそっくりじゃないか。

ま、まぁ、小さい村というのは、村中がみんな親戚だってことも普通にある。特に外との交流もないような常識外れの村なら、外部から新しい血がなかなか入ってこないだろうから、子供が全員兄弟姉妹のようにそっくりなのかもしれない。

しかし——ここまで似るものなのか。

声は少しクルトより高いが、髪が短ければ……

「……あ、あの、ユーラさん。どうかしたんですか？　あまり見られると……その……」

「あ、いや、すまない」

失敗した、今の私は男なんだ。

男の私が女の子のクルミを不必要にじっと見つめたら、彼女が不安に思ってしまう。

あまりクルミの顔を凝視しないように注意しないといけないな。

気を取り直して洞窟を進むと、クルミが言っていた通り地下空間に出た。

鍾乳石《しょうにゅうせき》が生えている地下空間——鍾乳洞か。

この島にこんな場所があったなんて。

「ここも明るいですね」

クルミの言う通り、ヒカリゴケも生えていないのに、鍾乳洞の中はとても明るい。

あまりにも幻想的だから、これを公開したら新たな観光資源になりそうだ。

「まずいですね」

何がまずいんだ？

私がそう尋ねようとした時、声のようなものが聞こえた。

「ん？　この声――どうやら当たりのようだ」

今の声はミノタウロスの声だろう。

今回の大会でもかなりポイント上位の魔物のものだ。

ただ、相当怒っている――おそらく、私達より先に来た大会参加者と何かがあったのだろう。

ここで声のした方向に向かっても、ろくなことにはならない。

助太刀《すけだち》に行っても魔物を横取りに来た敵と思われるだけだ。幸い鍾乳洞は広く、他にも魔物がいそうだ。

「クルミ、私達は別の魔物を探しに――クルミっ⁉」

私が言うよりも先に、声がした方向へとクルミが走り出していた。

「急ぎましょう！　ユーラさん！」

「待て、クルミ！　私達が行ったら――」

「杞憂《きゆう》だったらいいんです。でも、これは命にかかわることなんです！」

クルミの剣幕に押され、私は押し黙ってしまった。

あのクルミをここまでにさせる杞憂？　それはもはや杞憂ではない。

「わかったっ！」

私はクルミに従い、声がした方向へと向かった。

しばらく聞こえてきたミノタウロスの声だが、突然その声は聞こえなくなる。

戦いが終わったのだろうか？

だというのに、クルミの焦る表情は変わらなかった。

私達がその広間に辿り着くと、戦いはたしかに終わっていた。

ただし倒れていたのは、一頭のミノタウロスと、そして大会参加者と思われる男女コンビ。

つまり、全員だ。

様子を見る限り、相打ちではなさそうだ。

ミノタウロスにはいくつかの外傷があるが、しかし致命傷らしきものは今のところ見当たらない。

そして、二名の大会参加者は――おそらく女性のほうが法術師なのだろう、守護《プロテクション》の魔法に包まれており、外傷もないようだ。

いったい、何が起こったんだ？

もしかして、第三者の精神魔法によるものか？　それとも――

私が戸惑っていると、女性の参加者を守っていた守護《プロテクション》の魔法が消えた。

彼女の様子を見ると、呼吸音はまだあるが、脈が弱く、かなり衰弱していた。意識もない。

「ユーラさんっ！　これを三粒、彼女に飲ませてくださいっ！」

クルミが私に向かって小さな袋を投げた。

その中には黒い、丸薬のようなものが入っている。

私はその中からクルミに言われた通り三粒取り出し、彼女の口の中に入れて水を流し込んだ。

よかった、飲んでくれた。

意識はまだ取り戻していないが、みるみる顔色がよくなっていく。

その間クルミは、もう一人の冒険者の手当てをしていた。

「クルミ、いったい何が起こってるんだ？」

他の冒険者の介入だとするのなら、ミノタウロスがそのまま放置されているのはおかしい。討伐証明部位である角がそのまま残っているからな。

「毒ですよ」

「毒ガスか？」

「いいえ、ガスではありません。でも、それに近いです。ユーラさんにも見えているはずですよ」

見えている？

もしかして、湖の水とか？

いや、クルミはガスに近いと言った。つまり、それって……

「まさかっ⁉」

私が声を上げると、クルミが男の処置をしながら頷いた。

「この鍾乳洞が光っている理由は、ヒカリゴケではありません。ヒカリカビ……聞いたことがありませんか？」

「あぁ、思い出した。まだ残っていたとはね」

ヒカリカビ。その名の通り、光を放つカビだ。

ヒカリゴケは一瞬にして増殖して壁を光らせるコケの一種だが、ヒカリカビは同じように壁にくっついても、光るのはカビそのものではない。カビが放つ胞子が光るのだ。

そして厄介なのは、その胞子が多くの動物にとって毒になることだ。人間なら、一度吸い込むと動けなくなるまで十分、死に至るまでさらに十分だ。

とても珍しいカビであり、現在は一部の研究機関にしか残っていないと言われている。

そのため、私も気付くのが遅れた。いや、遅れたなんてもんじゃない。

もしも私がこのマスクをしていなかったら、この冒険者と同じ末路を辿っていたのだろう。

「クルミ……お前がいなかったら私――いや、俺は……ってクルミっ⁉」

礼を言おうとした私が見たのは、信じられない光景だった。

クルミが私達の命綱であるはずのマスクを外し、男の口に当てていたのだ。

「何をしているんだ、クルミっ！」

「この人、かなり衰弱していて薬を飲む力が残っていないんです。このマスクを付けて呼吸をすればきっと意識を取り戻します」

「でも、それを外したら今度はお前がっ！」

「大丈夫です！　さっき毒消しの薬を飲みました。三十分くらいなら僕の体内に入ってくるヒカリカビを中和できるはずですっ！　たぶんっ！」

たぶんって、お前。

こいつは――なんでこんなに必死になれるんだ。

自分の身を削ってまで、躊躇《ちゅうちょ》なく。

私はクルミの目を見た。

……ってあれ？

さっきスライムに顔の化粧を落とされた時も思ったが、真剣に人を助けようとしているクルミの顔。

やっぱり似ている――クルトに。

クルトの話を信じるなら、ハスト村の村人は全員、クルトやクルミのように奇想天外な能力の持ち主なのだろう。

しかし、クルトやクルミのように、躊躇《ちゅうちょ》なく他人を助けることができる人物はどれだけいるだろうか？

「ああ、もう――」

私はマスクを外し、クルミから受け取った袋に入っていた丸薬を呑《の》むと、自分のマスクをクルミの口に押し付けた。

「え？　ユーラさん？」

「薬を飲めば大丈夫なんだろ？　なら、私のほうが体が大きいから安全な確率が上がるだろ」

「で、でも――」

「私はクルミを信じるからね」

私はそう言って笑みを浮かべた。

するとクルミの目も笑った。

「あはは、ユーラさんって、やっぱり普段は無理して俺って言ってるんですね」

「うっ」

しまった、ついつい普段通り喋ってしまっていた。

でも、仕方がないじゃないか。クルミの相手をしていると、まるでクルトと喋ってるみたいなんだから。

「でも、僕はそっちのほうが似合うと思いますよ。僕の知っている人にそっくりです」

「そうか？　ははは、まぁ、クルミの前だけならな。ところで、その知ってる人って、どんな人なんだ？」

「僕の大好きな人です」

クルミは間髪《かんはつ》容《い》れずに答えた。

へぇ、大好きな人……ね。気になるけど、今はそれどころじゃないか。

その後、男女ペアの参加者が目を覚ますまで私達は看病をした。

彼らが目を覚ましたのは五分後だった。完全に体調が戻っていないため、このまま大会は棄権するという。まだ動けないようなので、私達が外まで担いでいくことになった。

そして倒れているミノタウロスの角は私達に譲ってもらえるそうだ。

「さて、これで解決だね。魔物退治に戻るとしますか」

私がそう言うと、クルミが首を横に振った。

「全然解決していませんよ。この鍾乳洞にヒカリカビが大量発生している原因がまだ全然わかっていないんですから」

「――っ!?」

そうだった。

ミノタウロスが死んだのはついさっきのことだ。人間よりも大きいため、毒の回りは遅いだろうが、しかしそれでも昨日のうちにカビを吸っていたら、ミノタウロスは戦うことすらできなかったはず。

つまり、ヒカリカビがこの鍾乳洞に広がったのは、今日ということになる。
大会が始まると同時にヒカリカビの大量発生。
偶然とは考えられないね。

第5話　ヒカリの中で

僕、クルトとユーラさんは、倒れていた二人の冒険者を連れて洞窟を出た。残っている足跡からするともう中に人はいなさそうだから、この入り口は塞《ふさ》がなきゃ。僕は入り口近くの木で扉を作り、打ちつけていく。

「クルミ、釘《くぎ》打ちは私がするよ」

「大丈夫です、もう終わりますから。すみません、時間がないので一気に終わらせますね」

僕はそう言って、持っていたハリガネから作った釘を纏めて飛ばし、斧の側面で弾いた。弾かれた釘は、それぞれ狙った場所に打ち込まれる。

うっ……いくつか狙いが逸れちゃった。

狙った場所、狙った向きに来るように複数の釘を調整して投げるのはちょっとしたコツが必要だ。慣れたら誰でもできるんだけど、百分の一ミリ単位の誤差が出るんだよね。

都会の人が小さな金槌《かなづち》で釘を打っているのは、そういう誤差が出ないようにするためなんだろうなぁ。

「凄いですよね、都会の人って」

「凄いよなぁ（お前が）」

ユーラさんが遠い目をして言った。

ユーラさん、大工さんに憧れていたのかな？　カッコいいもんね。村にいた本職の大工さんなんて、それこそ丸太を一瞬で木材に加工して、一時間もかからずに家を作っちゃうんだから。

そういえば、あの大工さんからはいろいろと教わったっけ。

木材に関する知識とか、ヒカリカビに関する話とか。

ヒカリカビは太陽の光が苦手なのに、月の光を好むという変わった性質を持つ。

そのため、日中は地面の中にいて、夜になると外に出るんだけど、そのために――

「そうだ……思い出した……ヒカリカビは」

僕はそれに気付き、新たに作ったマスクを着けると、閉めたばかりの扉を開けて中に入った。

「クルミ、どうしたんだ？」

ユーラさんもマスクをして追いかけてくる。

「ヒカリカビのある場所がわかったんです」

僕は天井を見ながら走る。

ダメだ、見つからない。

「クルミ！　危ないっ！」

転びそうになった僕の胸をユーラさんが支えた。

「わっ、ありがとうございます」

「す、すまない」

ユーラさんが僕に謝った。

あれ？　ユーラさんは僕を助けてくれたのに、なんで謝るの？

「その、触るつもりはなかったんだ」

「あ、そういう……いえ――すみません」

ユーラさん、僕のことを女性だって信じてくれているから、女性の胸を触ってしまったと思って謝ってるんだ。

顔を真っ赤にしている……ごめん、僕男なんです……って言える雰囲気じゃない。

と、その時だった。

「見つけたっ！」

「え？　何を？」

「あの木の根です！」

天井から木の根が少し出ていた。

「ヒカリカビは日中は太陽の光を避けるため、特定の木の中に入り込んで地中に逃げるんです。逆に夜になると木の根から地上に移動します。だから、ヒカリカビは意志を持って移動するカビだって言われているんです」

「そうか、あの木の根がここの天井を貫いたことで、日の当たらない鍾乳洞の中にヒカリカビが広がったのか。わかったら、あとは運営に任せて……ってクルミ、今、夜になると地上に行くって行ったか？」

「……はい」

僕が頷くと、ユーラさんは数秒、考え込む素振りを見せた。

「そういえば、さっきより暗くなってきていないか？」

「……移動が始まってるんです」


僕達は急いだ。

地上へと——警戒を促すために。

「クルミ！　鍾乳洞にカビが増えたのはわかった。でも、地上にヒカリカビが溢れるのなら昨日までに大会運営委員が気付いているだろ！」

「昨夜まではカビはそれほど増殖していなかったんです。せいぜい淡い光を放って、月光が反射しているようにしか思わなかったんでしょう」

「じゃあ、カビは急激に増えたってことか？　なんでっ！」

「カビの苗床《なえどこ》があるからです！」

「……そうか、ダンジョンにいた魔物か」

ユーラさんが舌打ちをした。

そう、カビは鍾乳洞の中に逃げ込んできた魔物の体内に入って増殖したんだ。

「最悪だな――よりにもよってこんな時に」

ユーラさんが言っていることはわかる。

普段なら山の中にそれほど人はいないから、ヒカリカビに気付けばその翌日に対処すればいい。

でも、今日は多くの大会参加者が山の中にいる。

ヒカリカビなんてマイナーなものを知っている冒険者、僕達の他にどれだけいるか？

このままじゃ、大会参加者の中で死者が出る。

「急いでみんなを助けないと」

「待て、私達ではできることに限りがある」

ユーラさんは周囲を見回し、木の枝の上を見上げた。

「いたっ！」

「え？　何がいたんですか？」

「大会運営委員だよ。森の中に何人も運営委員の人間が隠れているんだ」

ユーラさんはそう言うと、重い鎧を着ているとは思えない身のこなしで木を登っていった。

そこで僕はようやく気付いた。黒いローブを着て、運営委員の腕章《わんしょう》を付けた人間が木の上にいることに。

ユーラさんは今回の事態を運営委員に報告し、大会の中止を促そうとしているのだろう。

ヒカリカビなんて運営委員からしたら寝耳に水だろうが、きっとすぐにでも予選を延期、もしくは中止にしてくれるに違いない。

ユーラさんが木の枝から飛び降りてきた。

「ユーラさん、どうでした？」

「ダメだ。大会運営は今回の件に対し、なんの対処をするつもりもない。全ては自己責任だって言われた」

「そんな……僕も説得してきます」

僕はそう言って木を登ろうとしたけれど、さっきユーラさんが見つけた運営委員の人はその場から離れていなくなっていた。

いったいどこに？

僕は急ぎ周辺を確認したけど、見つからない。

「落ち着けっ！　それより、クルミ。私達にできることがあるだろっ！」

「できること」

「そうだ——他の参加者に注意喚起《ちゅういかんき》する。それでも救える命があるはずだ」

「でも、それだと間に合いません」

「全員救えないよりマシだっ！」

……全員救えないよりマシ……本当に、そうなんだろうか。

くっ、何か方法はないのか。

ヒカリカビの毒が回って死ぬまで、二十分しかない。

僕達二人だと全員救うことは――

「緊急事態ですね」

「ユライルさんっ⁉　どうしてっ⁉」

突然、聞き覚えのある声とともにユライルさんが現れた。

「(協力させてください、クルト様)」

ユライルさんは耳元に口を寄せ、囁《ささや》くように言った。

どうして、僕のことを……って、あぁそうか。さっきスライムに貼り付かれた時に化粧が落ちちゃってるから、僕だって気付くか。

それにしても、ユライルさんも大会に参加していたんだな。

「クルミ、知り合いなのか?」

「はい、彼女はユライルさん、信用できる冒険者です」

ユーラさんが、半眼で「もしかしてずっと見張ってたんじゃないだろうな」と呟いたけど、そんなわけない。彼女がここにいるのはただの偶然だと思う。

「ユライルさん、実は――」

僕がユライルさんに現在起こっている状況を説明すると、彼女は力強く頷いた。

「なるほど、そういうことでしたら、クルミ様。解毒剤を作ってください。私が配って回ります」

「本当ですかっ⁉　わかりまできました！」

「わかりまできましたって、できるのが早すぎるだろ」

ユーラさんが驚き声を上げた。

超特急で作ったからね。このくらいはちょっと練習すれば誰でもできる。

効果はいつもより少し落ちるけど、これを飲めば体内のヒカリカビの毒成分をある程度取り除けるはずだ。

「僕がその辺の材料で作った薬なので、完全に毒を取り除けるとは限りません。薬を配るより、まずはヒカリカビのない場所への誘導をお願いします」

「わかりました」

ユライルさんはそのまま走ろうとしたが、僕はそれを止めた。

そのままで行くのは不用心だ。

「待ってください、ユライルさん。このマスクを使ってください」

僕は自分がつけていたマスクをユライルさんに渡した。

ユライルさんは僕のマスクの口が付く部分をじっと見つめ――

「緊急事態です」

と、自分に言い聞かるようにマスクを装着して、解毒剤を持って駆けていった。

「よし、じゃあ私も薬を配るよ。マスクがないクルミは――」

「はい、もうマスクは作りました。急いで皆さんの避難誘導をしましょう！」

僕は毒を防ぐマスクを装着し、ユーラさんに新たに作った解毒剤の丸薬の半分を渡す。

「では、行きましょう！」

「待て、クルミ！　私が一人で行く！」

そんなユーラさんの声が聞こえてきたけれど、僕だって男だ！　じっとなんてしていられない！

僕は明るいほうに移動した。

すでに木の幹に空いた穴から、ヒカリカビが大気中に放出されている。

不幸中の幸いというか、ヒカリカビの明かりのお陰で、山の中にいる参加者がすぐに見つかった。

若い男の人と女の人だ。

「あ、あの……」

「ん？　あ、クルミちゃんだ。どうしたの？　変なマスク着けてるから一瞬わからなかったよ」

男の人が僕に声をかけてきた。

パートナーの女の人は、黙って僕を睨み付けている。

「この光っているのはヒカリカビっていって、猛毒なんです！　お願いです！　はやく光の外に行ってください」

「え？　猛毒？　たしかに珍しいけど……なんにもないよ。きっと、これは大会の運営が夜でも活動しやすいように用意してくれた演出だよ」

男の人は大きく深呼吸してみせて、僕に無害アピールをした。

「一定以上の量を吸い込めば発症するんです！　お願いです、山の外に！」

「あなた、いい加減にしなさいよ」

黙って見ていた女の人に肩を押され、僕はバランスを崩して尻餅《しりもち》をついてしまった。

「どうせ、その可愛い顔を使って男達を騙そうって魂胆《こんたん》なんでしょ。わざとらしい」

「おい！　クルミちゃんはきっとこの光を見て混乱しているんだって」

「あんたは黙ってなよ。鼻の下伸ばしてみっともない」

二人はいがみ合いの喧嘩を始めてしまった。

ダメだ、そんな興奮して呼吸を荒くしたら発症が早くなる。

「あぁ、もうっ！　言わんこっちゃない」

僕に追いついてきたユーラさんが走ってきた。

その鬼気迫る表情に二人とも臨戦態勢に入る。

しかし、戦闘技術の差は明らかだった。

剣を構える男の人の懐に無手のまま潜り込むと、ユーラさんは革鎧へ掌底を叩き込む。

「がはっ」

男がうめき声を漏らし、ついでにさっき食べていたらしいものも口から漏らして意識を失った。

「さて、そこの女――」

「は、はい」

「俺達の実力差は見ればわかるだろ？　それに、俺達は……ほら」

ユーラさんは一人称を俺に戻し、手に持っていたものを見せた。

ミノタウロスの角を含めた、魔物達の討伐証明部位を入れている袋だ。

「これだけ魔物を倒している。お前達を騙す必要があると思うか？」

彼女は何も言わない。

しかし、それは僕達の話を吟味《ぎんみ》しているからだということは彼女の表情を見ればわかる。

「あと五分もこのヒカリカビを吸い続けたら、君は――君達は動けなくなる。ハンカチで口と鼻を覆い、光のない場所までこの男を連れて移動するんだ。信用はしなくてもかまわない。光の外で二十分待ってくれればそれでいい。その頃にはきっと君達も事情がわかるだろう」

「……わかった。どのみちあなた達に逆らっても勝てるとは思えないもの」

彼女はそう言い、男の腕を肩に回し、引きずるように歩いて行った。

「クルミ、大丈夫か？」

「すみません、ユーラさん」

僕はユーラさんの手を借りて立ち上がる。

「無茶をするな。今の奴らはあんたの話をまるで信じなかったから逆によかった。でも下手に信じられたら、殺されてマスクを奪われた可能性もあるんだよ」

「……あっ」

言われて気が付いた。

僕がどれだけ愚かなことをしていたのかを。

「そうでした。人数分のマスクを用意してから救助したほうがよかったということですね」

「……救助についてはさっきのお前の知り合いに任せろって言いたいんだ。お前にはお前にしかできないことがあるだろ」

「僕にしかできないこと？」

僕にしかできないことなんて、それこそないに等しい。

だって、僕ほど平凡な人間はいないだろう。強《し》いて他の参加者と違うことがあるとすれば、女装していることくらいだ。

僕の女装とヒカリカビの除草……ならぬ除去が役立つとは思えない。

「クルミ、ヒカリカビをなくす方法は考えつかないかい？」

「……僕が薬を作って水源にまけば、少なくともヒカリカビがこれ以上広がることは防げるかもしれません」

「本当かい？」

「はい。ただし、山中の植物も全て枯れ果て、百年くらい草一本生えなくなってしまいますけれど」

「却下だっ！」

「……ですよね」

そんな誰にでも作れる薬で対処するのが最善だというのなら、僕以外にヒカリカビに気付いた人がとっくにやっている。

山から木々がなくなれば、大雨が降った時に土砂災害などに繋がるし、森に棲《す》んでいる動物達も生きていけなくなる。あと、麓の畑の作物まで枯れちゃうからね。

あぁ……時間がないのに。

ヒカリカビの弱点は太陽だってことしか……太陽？

「そういえば、ヒカリカビは太陽だけでなく、火も苦手なんです！」

「火って、山火事でも起こすつもりかい？」

「そんなわけにはいきませんよね」

考えないと、考えないと考えないと考えないと。

どうやってヒカリカビからみんなを守ればいいのか。

せめてヒカリカビの発生源が一カ所だったらいいんだけど、森全体に広がっていたら何もできない。

発生源を一カ所に纏めれば、なんとかなるんだけど……僕一人じゃ。

「ユーラさん……楽器の演奏って何かできますか？」

「私か？　フルートくらいならなんとか……クルミには絶対に敵わないと思うけど」

「え？　なんで僕がフルートがうまいって思うんですか？」

「そりゃ、お前の村の連中の演奏技術は……いや、なんとなくだよ。それより、なんで楽器が必要なんだ？」

「すみません、詳しい説明は。ただ、これでヒカリカビを一カ所に集めることができます」

「ヒカリカビを一カ所に？」

よくわからないといった顔のユーラさん。でも、詳しく説明している時間はもうない。

ユーラさんがフルートが得意なのは助かった。

初心者の状態から一人前に楽器を扱えるようになるまで、三十分は必要だろうから。

僕は近くに生えていた目当ての木の枝を、持っていた大斧で切り取った。

そしてその木で、鞄の中の道具を使い、木製のフルートを作る。

「ユーラさん、これをどうぞ。本当は乾燥させた木から作りたかったのですが、本当に時間がないので。半音が少し不安定かもしれませんが」

「……半音が不安定とかそういう次元じゃない気がするが……」

ユーラさんが何か考えている間に、僕ももう一本のフルートを作った。

これで準備完了だ。

「ユーラさん。おこがましいのですが、僕がリードします。一緒に吹いてください」

「一緒にって、楽譜《がくふ》もないのにそんなことできるわけないだろ」

「すみません、時間がないので。きっとユーラさんならできます！」

◇◆◇◆◇

「きっとユーラさんならできます！」

クルミは私に向かって、そんな無茶なことを言い出した。

そして、私達の生命線、命綱であるはずのマスクを外して、フルートのリッププレートに口を近付ける。

柔らかそうな唇のその動きに、私は思わずどきりとした。

あぁ、そうだ、私は今、男なんだ。

男は度胸！

やってやろうじゃないか。私はマスクを外した。

クルミが演奏を始めた。

聞いたこともない旋律《せんりつ》だ。

その美しい音色は、即席で作ったフルートから出るものとは思えない。

こんな音色と一緒に演奏なんて……いや、これは……

私の指はいつの間にか、勝手に動いていた。

まるで、ダンスで手を取って導かれているかのようだ。

それでいて歌っているように優しい音色は、母親の愛……いや、これはむしろ、遊びに誘ってくれるお姉さんみたいな。

『一緒に遊ぶでありますよ、ユーリシア』

――っ⁉

今、脳内に浮かんだ長い白髪の少女はローレッタ姉さんっ⁉

そうだ、あれは子供の頃のローレッタ姉さんに遊びに誘われた時のことだ。

私は思わずぼーっとしてしまうが、クルミの音が強くなり、私の意識を揺り起こす。

クルミがフルートを奏でながら、私を見て頷いた。

今は感傷に浸っている場合じゃない。

クルミがどんな考えで私と演奏をしているかはわからないが、これにはきっと意味があるんだ。

私とクルミは二人、フルートで演奏を続けた。

月明りの下で。

一分が経過したところで、異変が起きた。

森がざわめいている？　いや、そうじゃない、これは——森が動いている？

全ての木、というわけではない。ほんの一部、十本に一本くらいの割合で木が動き始めた。

しかも、それらの木は、全てヒカリカビを放っている木だ。

いったいなぜ？

——私はそこで、舞踏会の時のクルトの言葉を思い出した。

『トレントから楽器を作って音楽を奏でたら、トレントが動くんですよ。村のみんなで演奏すると山全体の森が動いて、とても幻想的な光景になるんです』

まさか、これ、全部トレントだっていうのかっ!?

ヒカリカビを地上に出している特定の木は、トレントってことか？

しかし私はその疑問を口には出さなかった。

今、演奏を中断するわけにはいかない。

どういう理由かはわからないが、トレントは移動を始めたばかりだし、これでヒカリカビの対処ができるのだ。

それに、私自身、この演奏をやめたくない。

工房を出てからローレッタ姉さんと会い、男装して予選会に参加し、ヒカリカビというわけのわからない状況に出くわした。クルトにも会えず、アクリを可愛がることもできない。ついでにリーゼに憎まれ口を叩くこともできない。

そんな中で、私の心は、私が思っているよりも遥かに疲弊《ひへい》していたらしい。

しかし、この音が、私の中に溜まったストレスを綺麗に洗い流してくれる。

私はこの旋律の流れに身を任せていたい――そう思ったのだ。

◇◆◇◆◇

演奏を終えると、ユーラさんは目を開いて僕に問いかけてくる。

「クルミ、ヒカリカビは？」

「ほとんどのトレントと一緒に移動しました。ヒカリカビはトレントと共生関係にありますから、離れた場所では生きていけないんです……すっかり忘れていました」

「そうなのか？」

「はい。ヒカリカビは太陽の光が苦手なので、日中はトレントの口の中に入り、根まで移動して土の中で過ごすんです。今回、トレントの根っこが地下の空間に繋がったのでこんな事態が起きましたが」

「え？　あの木の穴って樹洞《うろ》じゃなくて、トレントの口だったのかっ!?」

「はい。あ、でもトレントって生物を食べたりはしませんから、口の中に入っても消化されることはありませんよ？　ただ、特別な酵素《こうそ》があるらしく、野生の動物が木の実などをトレントの口の中に隠すと、お酒になるみたいです。トレント酒っていって、村ではお酒造りに使ってました」

「トレントを木材に使うだけでなく、酒の醸造樽《じょうぞうだる》代わりにしてたのか……」

ユーラさんがどこか呆《あき》れたように言った。

うん、都会じゃトレントってあまり見ないから、きっと珍しいんだろうね。

その点、この山はトレントが多いな。きっとダンジョンから出てきた魔物の大半は、このトレントなのだろう。

「ただ、一本だけ残しましたけどね」

それは、さっき僕がフルートを作るために枝を切り落とした木。実はあれもトレントだったのだ。

「クルミ、なんでこのトレントは残したんだ？」

「幸い、ヒカリカビが中に入っていませんでしたから。ヒカリカビに侵食されたトレントはもう使い物にはなりませんけれど、これならきっといい木材になります。この子を繁殖《はんしょく》させて、豊かな森にしましょう」

「トレントだらけの山はいやだなぁ……枝とか切り落としたら反撃してきそうだし」

「大丈夫ですよ。枝毛を切るのと同じように、さっきみたいに余計な枝を切り落とすだけなら反撃してきませんし、倒す時は一撃で仕留めれば問題ありません」

「そんなことできるのはクルミ達くらいだよ。しかし、トレントとヒカリカビが一カ所に集まったのはよかったね。あとはそこに誰も近付かないようにすればいいだけだから――」

ユーラさんがそう言った、その時だった。

僕の頭の上に葉っぱが一枚落ちてきた――と同時に、人影が降りてきた。

短剣を持った男の人の登場に、僕は尻餅をつくように倒れこむ。

そんな僕を守ったのは、ユーラさんの剣だった。

ユーラさんに攻撃を受け止められた男は、体を翻《ひるがえ》して着地する。

「不意をつきたいなら、そのダダ洩《も》れな気配を消すことだね」

ユーラさんは不敵な笑みを浮かべて言った。

僕は全然気付かなかったのに、さすがはユーラさんだ。

「そうか、気配がダダ洩れか……予選中に笛を演奏して、居場所を他者に教えるようなバカに言われるとは思わなかった」

どうやらこの男の人も参加者みたいだ。

「それに、気配が漏れていただって？　わざと漏らしていたんだよ」

「なんだと？」

ユーラさんが言ったその時、木の上からもう一人――女の人が音もなく飛び降り、僕を羽交い締めにした。

「頭上注意、油断大敵ね。この子を無事に返してほしければ、あなたが持っている討伐証明部位を全部渡しなさい。もちろん、その剣もね」

「……は、離してください」

僕は唯一動く左手でなんとか応戦しようとしたけれど――

「あなた、こんな重い斧を持ち運べるのに、攻撃に全然力が入っていないじゃない。そんなんじゃ一生かかっても私から逃れられないわよ？」

戦闘適性Gの僕の力では振り解くこともできなかった。

「わかった！　全部渡すからクルミを離せ」

ユーラさんはそう言って、持っていた剣と、ミノタウロスの角やゴブリンの耳が入っている袋を投げた。

男の人はそれを受け取ると、邪悪な笑みを浮かべる。

「よしよし、それでいいんだ。あとはそうだな――動けないように二人とも足の腱《けん》を……いや、関節を全部外しておくか。直接殺すのはルール違反だが、動けなくして勝手に魔物に食われるのは殺したうちに入らないだろ。運がよければ運営委員が助けてくれるさ」

「待て！　わた……俺はまだしも、クルミには手を出さない約束だろ」

「そんな約束はしてないな」

男はそう言ってユーラさんが使っていた剣と、自分の短剣を構える。

このままじゃ、このままじゃ僕は。

僕は体を揺すり、彼女から逃げようとした――その時だった。

僕の髪についていていた一枚の葉っぱが落ちてきた。

僕は咄嗟にその葉っぱを手に取って咥える。

そしてそのまま、草笛を鳴らした。

「あら、いい音楽ね。でも、お嬢ちゃん。そんな音楽で私達が許してくれると――あびゃっ！」

僕を捕まえていた彼女の言葉は、トレントの根っこに吹っ飛ばされて終わった。

頭に落ちてきたトレントの葉を使った草笛で、トレントに命令を出したのだ。

枝から作ったフルートと違って簡単な命令しかできないけど、根っこの上に立つ彼女を吹っ飛ばして気絶させるくらいなら問題ない。

笛の音で女の人の僕を捕まえる力が緩んでいたおかげで、一緒に吹っ飛ばされずに済んでよかったよ。

「頭上注意、油断大敵ですよ。あと、木の根っこは踏んではいけません」

「なっ！　魔物を操るなんて聞いていな――ぶほら」

「私が剣がなかったら戦えないと思ったのか？　まぁ、人質を取らないと戦えないような奴はこの程度か」

ユーラさんも、男の人が驚いていている隙に殴り飛ばしていた。

ついでに持っていた討伐証明部位を全部奪い、木の蔦《つた》で女の人と一緒にぐるぐる巻きにする。

「助かったよ、クルミ」

「いえ、僕が迷惑をかけなければユーラさんがピンチになることもなかったですよね。すみません」

「気にするな。さて、こいつらみたいなのが来ないように、私達も移動するか。こいつらはここで……ってクルミ、何してるんだ？」

僕が草笛を吹いているのを見て、ユーラさんが尋ねた。

僕は草笛の演奏を終えて説明する。

「このトレントに、近付く魔物を倒すように草笛で命令したんです。魔物に襲われたら危ないですから」

「……お前は本当にお人好しだな……私達を殺そうとした奴らだっていうのに」

「ごめんなさい、ユーラさん。僕、やっぱり人間を殺すことはできません」

「いや、それが普通なんだよ。間違っているのはこいつらのほうさ」

ユーラさんはそう言って、僕の頭を撫でてくれた。

うぅ、恥ずかしい。子ども扱いされている気がするよ。

その時、またも頭上から一つの影が。

また敵っ!?

そう思ったけれど、ユーラさんは剣を構えようとしない。

少し遅れて、僕もその人の正体に気付いた。

ユライルさんだ。

「クルミ様、大変です。多くの参加者がトレントの移動を目撃し、ヒカリカビのある場所に集まっています」

◇◆◇◆◇

ユライルの言葉に、私、ユーリシアは下唇を噛んだ。

しまった——移動する木を見たら、誰でもトレントだと思うだろう。

魔物があまりいない現在、あのトレントを倒して得点を稼ごうとする奴らが出ることは予想できたってのに。

いくら一カ所にトレントを集めようとも、これじゃ多くの参加者がヒカリカビの餌食《えじき》になる。

「大丈夫です、ユーラさん。まだ僕の作戦は終わっていません。マスクをつけて、急ぎましょう」

「なに？　まだ考えがあるっていうのか？」

「はい。ユライルさんは、トレントがいる場所の周辺に毒で倒れた人がいないか調べてください。

僕達は光の中心に行きます」

「……わかりました。ご武運を」

ユライルはそう言って姿を消した。

そして、私達は用意した松明《たいまつ》の灯りを頼りに、トレントが移動していった方向に向かった。


山の中腹の、少し開けた場所。そこは凄惨《せいさん》な光景が広がっていた。

とあるトレントの口から大量のヒカリカビが噴出され、動いている参加者を直撃する。

普通ならば動けなくなるまでに十分はかかるのに、その参加者は一瞬のうちに意識を失い地に伏した。

他のトレントは、同じようにヒカリカビで倒れたらしい人間達を、自分の根本に運んでいる。

「クルミ、トレントは捕食しないって話だったんじゃないのか？」

「生きている生物は食べません。ただし、死んだ生物を土に還《かえ》し栄養にします。ヒカリカビの毒で死んだ人間は、そのカビによって分解されますから」

「なるほど、ようやく共生の意味がわかったよ……助けなくていいのか？」

「彼らには申し訳ありませんが、この場所で解毒しても意味はありません。助けるのはヒカリカビを処分してからにしましょう。ユーラさんはここで待っていてください」

クルミはそう言うと、大斧を構えた。

「待て、クルミ。私にできることは」

「すみません、ユーラさん。ここは一人でしないといけないんです」

クルミはそう言うが早いか、近くの一番大きなトレントに生えていた太い枝を切った。

【UOOOOOOO】

トレントのうめき声が山に響く。

恐ろしい咆哮《ほうこう》にも似た声とともに、周囲のトレントもまたクルミを敵として認識したようだ。

無数のトレントの、無数の枝がクルミ目がけて襲いかかる。

「クルミ、危ないっ！」

私は思わず声を上げたが、それは無意味な心配であったとすぐに気付いた。

クルミは襲いかかる無数の木の枝を、時には躱《かわ》し、時には叩き切る。

縦横無尽《じゅうおうむじん》に動き回り、それでいてまったく無駄《むだ》がない。

ヒカリカビに照らされているクルミのその姿は、まるで天女が——いや、戦乙女《いくさおとめ》が踊っているかのようだった。

かつて、私はシーナから聞いたことがある。

クルトがアイアンドラゴンゴーレムと戦った時の話を。

それを見たシーナは、クルトのあり得ない動きに恐怖したそうだ。きっと、あの時のクルトも、今のクルミと同じような戦い方をしていたのだろう。

そうだ、未知の存在に出くわした時、人は二種類の感情しか抱くことはない。

一つはシーナのような恐怖。

そして、もう一つは崇拝《すうはい》だ。

「……綺麗」

私は思わずそう呟く。

クルミの洗練《せんれん》された動きを見て、私は心を捧《ささ》げてしまっていた。

歴史の中で神と出会った人間は、このような気持ちになったのだろう。

クルミは素早い動きで一番大きなトレントのてっぺんまで行くと、大きく跳躍《ちょうやく》した。

トレント達は己の口から、大量のヒカリカビをクルミに向かって噴出する。

しかし、マスクをしたクルミにそんなものは効かない。

それより一層眩《まぶ》しい光が、クルミの神秘的な美しさをさらに際立たせた。

「ユーラさんっ！」

ヒカリカビの中を抜け、私の目の前に降り立ったクルミが声を上げた。

「は、はい」

「伏せてください！」

クルミはそう言うと、私が持っていた松明を手に取り、光の中心に向かって投げる。

直後――空中で大爆発が巻き起こった。

「な、な、な、な……」

声が出ない。

火に弱いヒカリカビは、さっきの爆発でほとんどが死滅したのだろう。周囲は暗くなっている。

ただ、爆発のせいでまだ目がチカチカするし、耳がキンキンしていた。こりゃ、数時間は目と耳に不調をきたしそうだ。

爆発の原因はわかっている。

粉塵爆発《ふんじんばくはつ》だ。

王都で流行《はや》りの物語にもよく使われている仕掛け。

可燃性の粉塵が一定の濃度になっている場所に火種を投げこむことで、大爆発が起こるという現象である。

特別な道具も魔力も必要とせず、小麦粉なんかのありきたりなもので爆発を起こせるため、物語ではよく使われている。

たしかにヒカリカビも可燃性の粉塵なので、粉塵爆発は理論上可能だ。

しかし、それはあくまでも理論上の話。

粉塵爆発を起こす条件は、意外と難しい。

粉塵の濃度が薄いと粉塵間の距離が開きすぎるため、熱が伝播《でんぱ》せずに爆発しない。

逆に濃度が濃いと、酸素の濃度が不足してやはり同じく爆発は起こらない。

そして理想の濃度を作ろうと思えば、屋内が好ましい。

一定の濃度を、しかも屋外で作り出すとなるとどれだけの計算が必要になるだろうか。

クルミはそれを、ぶっつけ本番でやってのけた。

……恐ろしい子だね。

私は心からそう思った。

さっきまでの崇拝の心は吹き飛ばされないまま、しかし恐怖の気持ちも植え付けられた。

何が恐ろしいって、クルミは自分がやったことの異常さを、正確にわかっていないということだ。

粉塵爆発の理論がわかっていても、それを引き起こす難しさをまるでわかっていない。

伏せていた私とクルミは立ち上がり、周囲を見渡す。

ヒカリカビも松明の明かりもないが、月と星のおかげで真っ暗というわけではない。

トレントは動きを止め、根本の冒険者にも大きな怪我をした様子は特になかった。

闇が立ち込める。

「ユーラさん……熱に弱いヒカリカビは、今の爆発の影響でほとんど死滅したので、これ以上広がることはないはずです。でも、一度体内に吸い込んだカビがなくなるわけじゃありません。お願いです、皆さんの治療を――」

クルミが私にそう言った直後――彼女はその場に倒れた。

「クルミっ⁉」

まさか、爆発の余波でっ⁉

そう思って彼女に近付いたが、火傷《やけど》のあとはない。

気を失っているようだが、外傷らしきものも見つからなかった。

彼女はまさに、己の限界を超える働きをしたのだろう。

「やれやれ――」

私はクルミのマスクを外してやり、彼女を横にする。

さっきまでは崇拝の気持ちと恐怖の気持ちが入り混じって、まるで神様のような存在に思えていたけれど、この寝顔は天使だね。うん、天使だ。

彼女の顔を見ていると、とても柔らかそうな唇が目についた。

――ゴクッ。

思わず生唾を呑み込んでしまう。

って、私は何を考えてるんだ、女の子の唇に興奮するだなんて、リーゼ以上の変態だろ。

「ユーラさん、今の爆発は――っ!?」

と、そこに冒険者が駆けつけてきた。

「ユライルか。大丈夫、クルミがヒカリカビを殺すためにやったことだ。彼女は気を失っているだけで、命に別状はない。あと、さっきまで大暴れしていたトレントも今の爆発で動きを止めたようだ。気絶したのか死んだのかはわからないけれどな」

「そうですか……それはよかったです。ここにいる方達の治療は私に任せてください。それより、他の参加者が今の爆発に気付き、こちらに近付いてきます。騒ぎになる前に──」

「ちょっと待ってくれ、さっきの爆発で耳が少しやられてね。ゆっくり喋ってくれないか？」

「わ、わかりました」

ユライルの話を改めて聞くと、たしかに現状が危険だということに気付いた。

私達は現在、魔物の討伐証明部位を大量に持ち歩いている。

他の参加者に見つかれば、これらを奪おうとするものが現れるかもしれない。

「そうか、それじゃあ頼めるか？　ユライル」

ユライルは頷くと、他の冒険者の元へ向かっていく。

私はそれを見届けて、クルミを背負って目立たない場所へと移動した。

予選終了までは残り三十分。

クルミはかなり無理をしたのだろう、まだ目を覚まさない。

こういう時にクルミがいたら、クルミの薬で彼女を助けてあげられるのに、なんて支離滅裂《しりめつれつ》なことを思ってしまう。

「……毒で気絶した参加者は全員、安全な場所に寝かせてきました。薬を飲ませたので、命に別状はないでしょう。他の参加者も集まってはきましたが、トレントに気付かず何もないことがわかると去っていきました。それと、これをどうぞ。クルミ様は薪を求めておられたので」

戻ってきたユライルはそう言って、太い枝を大量に置いた。

いい木材になりそうだ。

「ありがとう、助かるよ」

「クルミ様はまだ目を覚まさないのですか？」

「ああ、まだ寝たままだ。ちょっと無理をさせすぎたらしい」

はぁ、私が守ってあげるつもりだったのに、こんなことになるなんて。

私はクルミに向けていた目を、ユライルに向け直す。

「すまないな。礼と言ってはなんだが、俺達が集めた魔物素材は貰ってくれ。あ、もちろん俺達が予選を通過できる分は残してくれよ」

半分でも予選を通過するだけの量は十分にある。

これで私達もユライルも、無事に予選通過だ。

もっとも彼女の実力はかなりのものと思われるので、決勝トーナメントでの強敵を自分で作ることになるのだが、かといって甘えているだけの関係になるつもりはない。

「ありがとうございます」

ユライルは頭を下げると、クルミの寝顔を見て言う。

「ユーラさん。予選が終わり、決勝トーナメントは対人戦になります。そして、大怪我する参加者が後を絶ちません」

「知ってるよ。殺しは禁止でも、打撲や骨折は毎回のこと。足や腕の切断もあり得るし、殺人が禁止されていても死ぬこともある」

「クルミ様を、そのような戦いに参加させるのがはばかられます」

……私もそう思う。

クルミは本当に優しい子だからね。

でも、だからこそ私は必ずクルミを守るって決めた。

私がそのことを伝えると、ユライルは一瞬だけ言葉に詰まった様子を見せたが、すぐに小さく頷いて口を開いた。

「そうですか――ユーラさん。ここは私が見ていますから、少し休まれたらどうですか？」

「まだ平気……いや、頼んでいいか？」

私はユライルにそう言った。

ずっと我慢していたから。

「すぐに戻る」

そう言って周囲を確認し、少し離れた誰もいない茂みの中に入った。

何度も何度も誰も見ていないことを確認し、その場に屈《かが》む。

「……はぁ……これだから野外活動は嫌なんだ」

こういう時は本当に男になりたいと思う。

用を済ませ、私はユライルとクルミが待っている場所に向かった。

「待たせたね――ってクルミ、気付いたのかっ⁉」

と、そこにはクルミが一人で立っていた。

「あ、ユーラさん！　はい、大丈夫です。ヒカリカビはどうなりましたっ⁉」

「ヒカリカビか。とりあえず、地上には残ってないみたいだぞ」

「そうですか……あとで地下も確認したほうがいいかもしれませんね。そういえば、ユライルさんは？」

「見ていないのかい？」

おかしい、ユライルはクルミを見ていてくれると言ったはずだ。

なのに、なぜいない？

そこで私は気付いた。

「ないっ！　魔物素材がっ⁉」

ミノタウロスの角やリザードマンの耳などが入っている袋が残っていない。

あるのは、ユライルが持ってきていた木の枝だけだった。

「まさか、ユライルの奴、全部持っていきやがったのかっ⁉」

「そんな、ユライルさんがなんで？」

「なんでって……そういうことか」

ユライルはクルミに戦ってほしくないと言っていた。

そのために私達の妨害をしたのだろう、恨まれるのも覚悟して。

「はぁ、仕方ないか。クルミ、諦めよう」

「え？　でもまだ時間はあります！　魔物を倒すのは無理でも、ユライルさんを追いかけたら」

「本気で逃げる彼女を捕まえる時間なんて、それこそないよ」

あの身のこなし、どう考えても只者じゃない。見付けるまでにタイムアップを迎えるだろうことは目に見えている。

クルミを決勝トーナメントまで連れていくという約束を守れなくなるのは辛いが、でも仕方ないよね。

元々は私の我儘にクルミを巻き込んだようなものなんだから。

私達はユライルが残してくれた木の枝を背負い、山を下りた。


そして翌日――

『予選一位通過は――ユーラ選手、クルミ選手です！　おめでとうございます！』

そんな情報を、私は目にした。

……え？

幕間話　とある案内人の笑み

ヒカリカビの騒ぎについては緘口令《かんこうれい》が敷かれることになったそうだ。

自分達が住んでいる町の近くで、猛毒の胞子をまき散らすカビが大量に発生していたとなったら、大会どころか大混乱に陥るだろうから当然の措置だ。

この武道大会は、表向きはともかく、裏では様々な組織の……特に氏族会の連中の思惑が交錯しているため、中止になどできるわけがない。

「そういう意味では、士爵様は大活躍だね」

パオス島の繁華街《はんかがい》の片隅にあるオープンカフェ。

現在、チッチと名乗っている私はそう言って、大会参加者の似顔絵が描かれた新聞を見て微笑んだ。

一番大きく描かれているのは、ダークホースにして、私にとって大本命のユーラ・クルミペアだ。

「可愛くなっちゃって……人気が出るのもわかるよ、うん」

親衛隊を含むクルミちゃんファンクラブ所属の人数はすでに三桁に達している。ちなみに、私の会員ナンバーは四十四番。銀貨一枚払って、〝クルミちゃんフラグ〟を貰った。

クルミちゃんの似顔絵が書かれている旗で、ファンクラブの人間はこれを持って応援する決まりがあるらしい。

ともかく、士爵様のお陰で非常に助かった。

本当は自分で予選に参加して不測の事態に備えるつもりだったのを、士爵様が参加することを知って計画を変更し、不参加にしたんだけど……それが正解だった。

もしもあのままヒカリカビが大繁殖して多くの死人が出ていたら、武道大会は中止になって、裏で暗躍している私としては困ることになった。

私が参加していても解決はできたと思うが、目立ってしまうのは不本意だ。

それに、トレント大発生という、ヒカリカビ発生の原因を作った私としては、ほんのちょーっぴり、罪悪感も生まれただろう。

でも、お陰で目的の物は手に入ったからよしとしよう。

加えて、自分の目で士爵様の実力を確かめることができたのは僥倖《ぎょうこう》と言っていい。

私は再度、新聞を見た。

気になる選手は多いけど、やはり士爵様のパートナーのユーラっていうのが気になるね。

彼はヒカリカビの存在に気付くと、真っ先に運営委員に報告していた。

彼の判断はとても正しい。もし運営委員にヒカリカビの情報が届いていたら、大会は中止になっていたはずだった。

話した相手が本物の運営委員だったら、の話だけれども。

まぁ、彼が声をかけたのは本物の運営委員を気絶させて服と腕章を奪った偽者だから、何も知らない人間からしたら運営委員の人間にしか見えないだろう。

私はほくそ笑み、ポケットの中に入ったままだった運営委員の腕章を手探りで取り出すと、くるくる回しながら鞄の蓋を開けた。

「さて、そろそろ次の仕事をしないと……本番は決勝戦だからね……と、鞄もいっぱいか」

私は鞄の中にある黒い光を放つ玉を見て、鞄に腕章を入れるのを諦めた。

代わりにターバンの中に腕章を入れる。

おっとやばい……ターバンが少しずれた。

今の、見られてないよね？

うん、見られていない見られていない、セーフだ。

こいつを見られたら、消さないといけなかった。

何しろ、ターバンの下にあるのは、折れているとはいえ、魔族の証である角なのだから。

「さて、我らが帝様のために、もう少し働くとしますか」

私はそう呟くと、カフェを後にし、大通りの雑踏の中に入った。

エピローグ

山を下りた私とクルミは、残念会をして解散した。

そして予選翌日である今日、私はユーリシアの姿で予選の結果を見にきていた。変声の魔道具も外しているので、声も女性のものになっている。髪だけはどうしようもないので、マフラーを巻いているが……さすがに暑い。

そしてそこで、私が――いや、私とクルミの二人が予選会をトップ通過しているという情報を見た。

しかも、二位のユライルのコンビの倍以上の得点で。

ユライルが持って帰った素材を私達のものだと報告した？

いや、それでも計算が合わない。

ユライルが得たとされるポイントは、私達から奪い去った魔物素材のポイントとほぼ一致している。

つまり、彼女は私達から奪った素材を自分のものとして申告しているはずだ。

ならば、なぜ？

まさか、ローレッタ姉さんが手を回した？

大会の運営側であるローレッタ姉さんなら、ポイント操作することはできる。

しかしユーラがユーリシアであることがわかっているなら、邪魔をしてくる可能性はあっても、このように手助けする理由はない。

とにかく、再びユーラに変装してもう一度クルミに会わないといけない。

そう思った――その時だった。

私は彼、クルトを見つけた。

なぜ、ここにいるんだ？

そんな疑問が浮かぶよりも早く、彼の名前を――

「クルっ…………」

叫ぼうとして、思わず、その場にいた巨漢の陰に隠れてしまった。

今、クルトに会ってどうするっていうんだ。

今の状況を、正直に言うのか？

従姉《いとこ》のローレッタ姉さんの命令で結婚をしなくてはいけないことを。

もしかしたらクルトを仲間に引き込めば、あいつの人智を超越した――どころか人智を鼻で笑うような方法で私の悩みを解決できるかもしれない。自分の本当の実力を理解したあいつなら、本当に一瞬で。

でも、それはしたくない。させたくない。

ローレッタ姉さんに、クルトの異常さを気付かれたくない。

「今はまだ会えない」

クルトがここにいる理由は、間違いなく私を探しに、そして連れ戻しに来たからだろう。

もしかしたら、参加者の中に私の名前がないか探しているのかもしれない。

それなら、こんな目立つ場所にいないで、ユーラに変装してクルミに会いに行こう。

そう思ったが、すでに手遅れだったのかもしれない。

逃げようとしたその先に――

「……っ⁉　リーゼっ！」

変態王女――もといリーゼがいたのだから。

「お久しぶりです、ユーリさん」

そりゃクルトがいるんだ。リーゼがいても不思議じゃないだろ。

「……アクリは、一緒じゃないのか？」

「アクリなら、シーナさんが面倒を見ています。クルト様のことを聞かないということは、クルト様を見かけたのですか？」

「さっき、そこにいたのを見つけたよ。私を連れ戻しに来たのかい？」

「ええ。ですが、事情が少し変わりました。ユーリさんの従姉《いとこ》さんに会いましたよ」

そうか、リーゼは全部知っているのか。

それなら仕方がない。

私はそう思い、リーゼと話をするために近くのカフェに向かった。


二人で紅茶を飲む。

「とても美味しいですね。クルト様が淹れた紅茶と比べなければの話ですが」

リーゼが店側に失礼なことを言う。美味しい紅茶なのに。

「この店の紅茶は百点満点なら九十点はあるだろ。クルトの紅茶が一万点だってだけで」

「百点満点なのに一万点なのですか？」

「おかしいか？」

「いいえ、まったく。次元が違うという表現には適していると思います。口直しにこれをどうぞ。クルト様が私のために、私だけのために焼いてくださったクッキーです。一枚だけ差し上げます」

「そりゃどうも」

私は遠慮なく、クルトのクッキーを受け取った。

もちろん不味いわけがない。百点満点で一万点の味だ。

これを食べると、九十点の店の紅茶も百二十点くらいの味わいになるから驚きだ。紅茶とよく合うようにできているのだろう。

「……本当に美味しいよ」

「それはよかったです……ところでまだマフラーを取らないのですか？」

「どうにも首元が冷えてね。気にしないでくれ」

リーゼは不思議そうにしていたが、それ以上は聞いてこなかった。しかしそこで会話が止まってしまう。

いつまでもこうしていても、らちが明かない。私は話を切り出した。

「……リーゼは、ローレッタ姉さんについてどこまで知っている？」

「この世界の宗教の一つである精霊教、その裏の最高幹部——というところまでは調べています」

「そこまで知ってるのか」

精霊教の信仰者の数は、クルトの仲間だったマーレフィスの所属するポラン教会よりも多くない。しかし、それでも億人単位で信者がいる巨大な宗教でもある。

その精霊教をまとめているのが氏族会で、ローレッタ姉さんは裏の最高幹部の役目を担っている。

裏教主とでもいえばいいだろうか？　当然、その権力は、ポラン教会の司教であったトリスタンをも軽く凌駕《りょうが》し、国王にも比肩する。

リーゼが王女としての立場を利用して崩すにしても、厄介な相手だ。

「それで、ユーリさんは何か作戦があるのでしょうか？　大会に参加なさっているのですね」

「……知っているのか？」

「いえ、それは私が調べてもわかりませんでした。『マスク・ザ・美少女』あたり、実はユーリさんの変装ではないか？　と私は読んでいるのですが。さすがに『メイド仮面』ということはありませんわよね……まあ、答えていただかなくても大丈夫です」

『マスク・ザ・美少女』も『メイド仮面』も、予選通過した参加者だ。この二人以外にも、素顔を隠した参加者はいるが……リーゼのやつ、私が男装しているところまでは気付いていなかったのか。

マスク・ザ・美少女という変な名前の女に間違えられるのは気が滅入《めい》るけれど、でも男装していることに気付かれるよりはいいか。

「ところで、首位通過のユーラ・クルミ組ですけど——」

「ぶぅぅぅぅ！」

私は思わず、紅茶を噴き出した。

「たしかにクルト様の紅茶に比べれば泥水のようですけれど、吐き出すほどじゃないでしょう」

「いや、泥水を飲んだら吐き出すと思うけどね」

高級店の紅茶に対して泥水だなんて思っていない。それは点数で言えばマイナス評価だ。

「それで、ユーラ・クルミ組がなんだって？」

「クルミ様と戦う時は、絶対に傷つけずに倒してくださいね——と言えば、ユーリさんならわかるでしょう？　匂いで」

「ああ、わかってる」

戦う者には、戦う者を嗅ぎ分ける力がある。

クルミの匂いは戦うことを知らない匂いだ。

そして、リーゼも気付いているのだろう。クルミがハスト村出身の子だって。

ユライルがファントムの一員であることは、おおよその見当がついている。ここでリーゼがクルミの話を持ち出すということは、ユライルからリーゼに情報が届いたということだ。

それに、よかった。

クルミと戦うことを想定して話をするということは、ユーリは私がユーラだとは微塵《みじん》も疑ってないということだ。

「ああ、わかってるよ。そういえば、ユーリ。噂に聞いたんだが、ユライルにクルミの魔物素材を全部奪わせただろ？　あれはクルミが決勝に進めないようにするための作戦だったのか？」

「……？　いえ、違いますよ。ユライルさんは、ユーラって冒険者から魔物素材を貰ったと言っていました。だから、ユライルさんは十分二人が予選通過できるだけの魔物素材を――クルミさんが倒したというトレントとトレントキングの木の枝を残して、他の素材を持って行ったと、そう言っていました」

「トレントキングの木の枝――」

あぁ、なるほど……って、そういうことかぁぁぁぁぁぁぁっ⁉

そうか、ユライルが持ってきた木の枝はクルミが倒したトレントの枝だったのか。クルトが薪として枝を持って行った時、どうも大会の運営委員が執拗《しつよう》にチェックをしていると思ったが、あれは得点の計算をしていたんだな。

そうならそうと言ってくれよ、ユライルの奴。

私はすっかり脱力してしまったのだった。

◇◆◇◆◇

僕、クルトは男の子の姿で、町を歩いていた。

決勝戦に出場する選手が決まったことで、町のお祭りムードは最高潮《さいこうちょう》になっている。

僕、というかクルミとユーラさんのペアが一位だったみたいだけど、みんなあのトレントの枝を集めなかったんだろうな。

そんな中、一番注目されているのは「オーガバイト」のチャンプさんとイオンさん……ではなかった。

「あぁ、ユーラ様、カッコいい。あの方に比べれば、他の男なんて全員、赤ピーマンよね」

「なによ、そのたとえ。でも、私もあの逞《たくま》しい胸板に抱かれたいわ」

「ユーラ様はいつも鎧を着てるから胸板なんて見てないでしょ」

そんなユーラさんを賞賛《しょうさん》する声が聞こえてくる。

ユーラさんは女性達に大人気のようだ。

それはわかる、けれど。

「やっぱり可愛いよな、クルミちゃん。一生守ってやりたいよ」

「だよな。あぁ、なんでうちの妹がクルミちゃんじゃないんだろ」

「お前の妹がクルミちゃんだったら、俺、お前のこと義兄《にい》さんって呼ぶわ」

と、なぜか僕のことを可愛いとかいう話が聞こえてきた。

なんだろう、昨日の予選終了直後も似たような話はあちこちで聞こえてきたけれど、今日になって一層噂が広がった。

いったいなんで？

「参加者の似顔絵付きの版画新聞だよっ！　今買わないと売り切れちゃうよっ！」

似顔絵付きの新聞っ⁉

「一部下さいっ！」

僕はその声をしたほうを向き、思わず声を上げていた。

お金を払って、新聞売りのおじさんから新聞を受け取る。

新聞には予選通過者の似顔絵が描かれていた。しかも、かなりそっくりに。

「え？」

だけどそんなことよりも、僕は新聞社が何を考えているのかわからなかった。

【謎の美少女美男子コンビ、堂々の予選一位通過！】

そんな見出しで、他の参加者よりも大きくイラストが載っていたのだ。

僕自身はわからないけれど、ユーラさんについては結構そっくりで、男の僕が見てもカッコいいことがわかる。

そうか、この絵を見て僕とユーラさんの人気が高まったのか。

って、そんなことを確かめるために新聞を買ったんじゃない。

それよりも——あったっ！

「……パープル……さん？？」

僕は新聞の決勝戦出場者のイラストを見て、そして首を傾げた。

んー、決勝戦出場者の中でも、チャンプさんやイオンさんみたいな有名人は大きな絵が載っているけれど、他の人の絵は小さくて、しかも白黒の絵なのでよくわからない。

でも、この人だと思う——僕が見つけたゴルノヴァさんそっくりの人は。

ただ、彼はパープルとかいう、まったく別人の名前だった。

相方は——

「……メイド仮面さんか」

僕以外に給仕服で参加している人がいるんだなぁ。

それにしても、パープルさんのパートナーとして描かれているメイド仮面という女性、どこかで見たような気がする。

ただ、やっぱり絵が小さいのでよくわからない。

それに、顔よりもメイド服や仮面に力を入れて書かれている気がするから余計に。

「あれ？　この仮面……もしかしてっ⁉」

僕が絵を凝視していると——

「クルト様」

「わっ！」

声を掛けられ、思わず驚いてしまった。

振り返ると、そこにはリーゼさんがいた。ユライルさんとカカロアさんも一緒だ。

「リーゼさん、すみません、大きな声を上げて」

「驚かせてすみません」

「いえ、悪いのは僕のほうですから」

「声をかけたのは私のほうです」

二人で謝罪をしあい、そしてお互い笑みを浮かべた。

こういうやりとりは落ち着くな。

「クルト様、何をなさっていたのですか？」

「今回の武道大会の決勝戦出場者一覧を読んでいました。あ、ユライルさん、決勝出場おめでとうございます」

「ありがとうございます」

ユライルさんが頭を下げた。

「あら？　決勝戦出場を決めたのは、クルト様もですよね？」

「…………っ！」

リーゼさんの思わぬ言葉に、僕はユライルさんを見た。ユライルさんは気まずそうに顔を背けるけど、リーゼさんは首を横に振った。

「クルト様。ユライルさんが何も言わなくても、私が見たらわかりますよ。当然、ユーリさんも気付いています」

「ユーリシアさんがっ⁉　リーゼさん、ユーリシアさんと会えたんですかっ⁉」

「ええ、話すこともできました……場所を移しましょうか」

リーゼさんに連れられて、僕達は彼女の部屋に移動する。

まず先に、僕がクルミとして大会に参加している理由を話した。

危ないことをしないでほしいとリーゼさんに頼まれたが、リーゼさんの手を握ってお願いすると、彼女は顔を真っ赤にし（怒っているのだろう）、それでも首を縦に振ってくれた。

次に、リーゼさんがユーリシアさんに何があったのか説明してくれた。

彼女が突然いなくなった理由が明らかになり、僕達を嫌いになったのではないことにホッとした。

でも、ユーリシアさんが結婚しないといけないなんて嫌だ。

望む結婚なら僕も祝う努力はするけれど、望まない結婚なんて間違っている。

「あ、僕達が優勝すれば、ユーリシアさんが結婚しなくて済むってことですよね」

「ダメですっ！」

リーゼさんが大きな声を上げた。

僕はびっくりして、淹れている途中のお茶を零しそうになる。

「え？」

「ほ、ほら！　仮にクルト様が優勝しても、クルト様は女装なさってるんですから、結婚相手はユーラって人になるじゃありませんか」

「大丈夫ですよ。ユーラさんはとってもいい人ですから、事情を話せばユーリシアさんと結婚することはありません」

そうフォローするけど、リーゼさんはやはり首を横に振った。

「いえ、ローレッタという方、かなり強引に婚姻を進めるようです」

「でも、それならユーリシアさんが優勝しても、ユーリシアさんのパートナーの男性と結婚させられるんじゃないでしょうか？」

「その点は心配ないでしょう。きっと彼女のことですから、何か作戦がありますよ。例えば、子供を作る能力がない男性がパートナーだとか」

「なるほど、それなら、たしかにローレッタさんの目的を考えると結婚させるわけにはいきませんよね。さすがはユーリシアさんです」

僕は素直にユーリシアさんの思慮深《しりょぶか》さに感嘆した。

「あれ？　でも、ユーリシアさんの絵、この新聞にありませんでしたよ？」

「さすがに素顔で出場はしないでしょう。変装しているに決まっています」

「変装？」

たしかに新聞のイラストの中には素顔を晒していない女性も多い。マスクのようなものを着けていたり、顔を兜で覆ったりしている人もいる。

この中にユーリシアさんがいる可能性もあるだろう。

でも、もしも僕達がユーリシアさんと戦うことになったらどうしたらいいんだろう？

ユーリシアさんのためなら、僕自身はいくら負けてもいいと思っている。

でも、そうしたらユーラさんはどうなるんだ？

一緒に戦ってくれたユーラさん。僕の我儘《わがまま》にいっぱい付き合ってくれた彼を裏切ることになるんじゃないのか？

「……クルト様、紅茶、溢れていますよ？」

「え？　う、うわぁぁぁっ！」

僕が淹れていた紅茶が、お皿にまで溢れていた。

「ごめんなさい、すぐに淹れなおします」

「気にしなくていいです、クルト様。古来、紅茶とはこうして受け皿に入れて飲むものでしたから。それにクルト様の淹れた紅茶ならば、たとえテーブルの上に零れ落ちたとしても泥水より美味です」

「泥水より美味しいって、全然フォローになっていませんよ」

僕は泣きそうになりながらも、紅茶を淹れなおすことにした。

そして考える。

ユーリシアさんとの出会いは偶然だった。仕事がなくて困っている僕を快く雇ってくれた。工房主《アトリエマイスター》の代理として働いている頼りない僕をサポートしてくれていた。

ユーリシアさんが結婚を望んでいないのなら、彼女にこの大会で優勝してほしい。

僕はそう思いながら、台所にあった小麦粉と牛乳、卵、砂糖を適量混ぜ合わせた。僕達招待客に用意された部屋だけあって、置いてある素材も全部一級品だ。砂糖があることにも驚いた。そして、オーブンでミルククッキーを焼きあげる。

「あ……」

クッキーを〇・一秒も焼きすぎてしまった。

いつもなら絶対にやらないミスに、僕は自分の情けなさを痛感する。得意な料理ですらこんな失敗をしてしまうくらい、僕は迷っているんだ。

「リーゼさん、紅茶が入りました。あと、すみません、クッキーを少し焼きすぎてしまいました。口に合わなかったら申し訳ありません」

「クルト様のクッキーであれば、たとえ焦げた炭だろうと木炭だろうと美味しくいただきます」

クッキーから木炭を作るのはちょっとだけ難しいかな？　できないことはないと思うけど、普通に木から作ったほうが簡単だ。

僕はそう思いながら、テーブルにクッキーを盛りつけた器を置いた。

「あら？　……普通の芸術的なクッキーに見えますが……？　味も……はい、いつも通り一口食べたら綺麗な花畑が見えるくらい美味しいですわ」

「あはは、お世辞でもそう言ってくれると嬉しいです」

僕はそう言って、ため息をついた。

それを見て、リーゼさんが心配そうに問いかけてくる。

「クルト様、決勝トーナメントのことを気に病んでいらっしゃるのですか？　自分がこのまま参加していいのかどうかと」

「……っ!?　……あはは、さすがリーゼさんですね。はい、そうなんです」

「もしも試合に出られるのが辛いのなら、私が大会本部に掛け合って、そのユーラという選手のパートナーを別の女性にするように手配いたしましょうか。そのくらいの力はあります」

「……それは」

ユーラさんのことを思えば、そうしたほうがいいのかもしれない。僕みたいな何も力のない少年がパートナーでいるよりも、勝ち進む可能性はぐっと上がる。

そもそも僕が大会に参加した理由は、参加者の中にいるかもしれないゴルノヴァさんを探したいというものだ。

ゴルノヴァさんに直接会えたら、あの日に伝えられなかったこれまでの感謝と、そしてお別れの言葉をきちんと言いたかった。

ただ、僕が見かけた彼が、本当にゴルノヴァさんだったという保証はどこにもない。

でも……

「クルト様、答えが見つからなければ焦らなくてもいいと思います。私にも、どの参加者がユーリさんか、まだわかっておりません。それにもしかしたら、ユーリさんがクルト様のコンビと対戦する前に負ける可能性も、その逆の可能性もあります。そこまで深く考える必要はないと思いますよ」

「そ、そうですね」

たしかに僕みたいなお荷物がいたら、いかにユーラさんが凄腕の剣士でもそう簡単に勝ち上がれないだろう。

……はぁ。

「クルト様がさらに落ち込んでしまいましたっ！　あぁ、私は本当はクルト様には危険な武道大会などには参加せず、一緒に個室を借りてラブラブ武道大会観覧デートを楽しもうと画策《かくさく》して準備をしておりましたのに、こんなクルト様を見てはなんと言えばいいのか」

リーゼさんが頭を抱えてその場に蹲った。

僕のために観覧席を用意してくれていたのか。リーゼさんはいろいろと考えているな。

ユーラさんのパートナーが僕ではなくリーゼさんだったら、きっとユーラさんも気兼ねなく大会に参加できるんだろうな。

「……よし」

僕はある決意をし、リーゼさんにお礼を言って町に出た。もちろん、メイドの姿で。

町を歩いていると、いろんな人に声を掛けられる。

「大会頑張ってね」「応援してるよ」「絶対試合見に行くからね」「怪我しないようにしてね」「けっこ――いや、俺の妹になってくれ」などと。

応援してくれるみんなにお礼を言いながら、ユーラさんを見かけなかったか尋ねたところ、居場所はわからなかったけど、全員が彼を探すのを手伝ってくれた。

そして、三時間後。

「クルミっ！」

「ユーラさんっ！　すみません……えっと、なんで着ぐるみ？」

ユーラさんは、なぜか首から下は大きな着ぐるみを着ていた。豚の着ぐるみだ。

「……ちょっと理由があってな（胸を隠すための包帯を巻く暇がなかったんだよ）」

「……似合ってますよ」

「下手なお世辞はいらないよ」

ユーラさんが本当に困ったように言った。

うん、僕も言って、これはないなって思った。反省だ。

「ところで、用事って何だ？　探していたんだろう？」

「はい、実は明日からの試合のことなんですけど……」

僕はユーラさんに話した。

明日からの試合で僕にとって大切な人が試合に参加していること。

その人と戦うことになったら、僕は本気で戦えないかもしれないこと。

そして、僕の友達の伝手《つて》で、パートナーを僕と別の人に交代できること。

もちろん、ユーリシアさんやリーゼさんなど個人名は出さず、結婚の話もしていない。

ユーラさんは黙って僕の話を聞いていたが、全部聞き終えると、笑顔で頷いた。

「あぁ、それはクルミの友達の言っている通り、焦らなくていいんじゃないか？」

「え？」

「別に、そのクルミの大切な人と本当に戦うことが決まったわけじゃないんだし、それにクルミがそこまで大切な人だっていうのなら、その人はそんな理由でクルミが試合を棄権したり、それこそ試合で手加減されたりなんかしたら怒ると思うぞ」

「……あ」

そうだ。ユーラさんの言う通り、そんなことをしたらきっと僕はユーリシアさんに説教されるだろう。

なんということだ。ユーラさんは僕の話を聞いただけで、ユーリシアさんの本質を見抜いてしまった。

「それに、私はクルミと一緒にいたからここまで来られたんだ。クルミが棄権するというのなら、私も試合を棄権するよ」

「……え？」

「さすがにこれ以上ズルをしてまで戦うと、私が私を許せなくなるからね」

ユーラさんは、どこか申し訳なさそうにそう言った。

これ以上？

「ユーラさんがズルいことをしているようには見えませんけど」

それを言うのなら、ズルいのは性別を偽っている僕のほうだ。

でも、そのことを話したら、ユーラさんに迷惑がかかるんだろうな。

「まぁ、いろいろあってな。ところで、その大切な人って、クルミの好きな人なのかい？」

「はい。好きな人です」

もちろん、ユーリシアさんが嫌いだなんてありえない。

「あぁ、そうか。この大会に参加しているっていう会いたい男の人か」

「違います、その人は女の人です」

「なんだ、つまらないな」

ユーラさん、もしかして意外とこういう恋愛話が好きなのかな？

あ、違うな。きっと場を和ませようとしているのだろう。

……ありがとうございます、ユーラさん。

お陰で試合を棄権しようというさっきまでの決意はなくなったけど、新たな決意ができました。

僕の力で何ができるかわかりませんが、決勝戦トーナメント、全力で頑張ります。

大貴族家に生まれた少年、シアン。彼は順風満帆な人生を送るはずだったが、魔法の力を授かる成人の儀で、水しか出ない役立たずの神具【コップ】を授かってしまう。落ちこぼれの烙印を押されたシアンは、名ばかり領主として辺境の砂漠に追放されたのだった。どん底に落ちたものの、シアンはめげずに不毛の領地の復興を目指す。【コップ】で水を生み出し、枯れたオアシスを蘇らせたことで、領民にも笑顔が戻り始めた。その時、【コップ】が聖杯として覚醒し——!? シアンは【コップ】をフル活用し、名産品作りに挑戦したり、不思議な魔植物を育てたりして、自由に町を作っていく!

●定価:本体1200円+税 ●ISBN 978-4-434-27336-0

●Illustration:もきゅ

魔力が無いと言われたので独学で最強無双の大賢者になりました！

He was told that he had no magical power, so he learned by himself and became the strongest sage!

雪華慧太
Yukihana Keita

眠れる"劣等魔力《スーパーチート》"で反逆無双!!

最強賢者のダークホースファンタジー！

日本から異世界の公爵家に転生した元数学者の少年・ルオ。五歳の時、魔力が無いという診断を受けた彼は父の怒りを買い、遠い分家に預けられることとなる。肩身の狭い思いをしながらも十五歳となったルオは、独学で研究を重ね「劣等魔力」という新たな力に覚醒。その力を分家の家族に披露し、共にのし上がろうと持ち掛け、見事仲間に引き入れるのだった。その後、ルオは偽の身分を使って都にある士官学校の入学試験に挑戦し、実戦試験で同期の強豪を打ち負かす。そして、ダークホース出現の噂はルオを捨てた実父の耳にも届き、やがて因縁の対決へとつながっていく――

◉定価：本体1200円＋税　◉Illustration：ダイエクスト　◉ISBN 978-4-434-27237-0

異世界に召喚された29歳のフリーター、秋野《アキノ》冬至《トウジ》……だったが、実は他人の召喚に巻き込まれただけで、すぐに厄介者として追い出されてしまう! 全てを諦めかけたその時、ふと、不思議な光景が目に入る。それは、かつて遊んでいたネトゲと同じステータス画面。なんとゲームの便利システムが、この世界でトウジにのみ使えるようになっていたのだ! 自ら戦うことはせず、武具を強化したり、可愛いサモンモンスターを召喚したり――トウジの自由な冒険が始まった!

1~5巻好評発売中!!

◉各定価:本体1200円+税　◉Illustration:三登いつき

ネットで話題沸騰！
アルファポリスWeb漫画
面白い漫画が毎週読める!!
アルファポリス COMICS
ゲート GATE
自衛隊 彼の地にて、斯く戦えり 原作：柳内たくみ 漫画：竿尾悟
原作：秋川滝美
漫画：しわすだ
居酒屋ぼったくり
原作 時野洋輔 漫画 古川奈春
勘違いの工房主
アトリエマイスター
原作 アルト 漫画 早神あたか
前世は剣帝。今生クズ王子
原作 山川イブキ 漫画 マツオカヨシノリ
転生薬師は異世界を巡る
人気連載陣
● THE NEW GATE
● 月が導く異世界道中
● 異世界に飛ばされたおっさんは何処へ行く?
● 素材採取家の異世界旅行記
● 異世界ゆるり紀行 〜子育てしながら冒険者します〜
● いずれ最強の錬金術師?
● 追い出された万能職に新しい人生が始まりました
and more...
原作 椎名ほわほわ
漫画 六堂秀哉
とあるおっさんのVRMMO活動記
原作：金斬児狐
漫画：小早川ハルヨシ
Re:MONSTER リ・モンスター
選りすぐりのWeb漫画が無料で読み放題!
今すぐアクセス! アルファポリス 漫画 検索
アルファポリスアプリ
スマホでも漫画が読める!
App Store/Google play でダウンロード!

この作品に対する皆様のご意見・ご感想をお待ちしております。
おハガキ・お手紙は以下の宛先にお送りください。

【宛先】
〒150-6008 東京都渋谷区恵比寿4-20-3 恵比寿ガーデンプレイスタワー 8F
（株）アルファポリス　書籍感想係

メールフォームでのご意見・ご感想は右のＱＲコードから、
あるいは以下のワードで検索をかけてください。

アルファポリス　書籍の感想　検索

ご感想はこちらから

本書はWebサイト「アルファポリス」（https://www.alphapolis.co.jp/）に投稿されたものを、改題・改稿のうえ、書籍化したものです。

勘違《かんちが》いの工房主《アトリエマイスター》4
～英雄《えいゆう》パーティの元雑用係《もとざつようがかり》が、実《じつ》は戦闘《せんとう》以《い》外《がい》がＳＳＳランクだったというよくある話《はなし》～

時野洋輔（ときのようすけ）

2020年 6月 30日初版発行

編集－村上達哉・篠木歩
編集長－太田鉄平
発行者－梶本雄介
発行所－株式会社アルファポリス
〒150-6008 東京都渋谷区恵比寿4-20-3 恵比寿ガーデンプレイスタワー8F
TEL 03-6277-1601（営業）　03-6277-1602（編集）
URL https://www.alphapolis.co.jp/
発売元－株式会社星雲社（共同出版社・流通責任出版社）
〒112-0005 東京都文京区水道1-3-30
TEL 03-3868-3275
装丁・本文イラスト－ゾウノセ（http://zounose.jugem.jp/）
装丁デザイン－AFTERGLOW
印刷－図書印刷株式会社

価格はカバーに表示されてあります。
落丁乱丁の場合はアルファポリスまでご連絡ください。
送料は小社負担でお取り替えします。

ISBN978-4-434-27333-9 C0093